だいわ文庫

草紙屋薬楽堂ふしぎ始末
月《げっ》下《か》狐の舞

平谷美樹

大和書房

目次

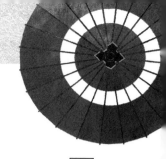

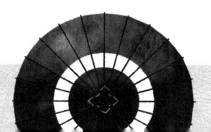

【江戸の本屋】（えどのほんや）
江戸時代の本屋は、今でいう出版社（版元）であり、新刊の問屋も兼ねた小売店でもあり、同時に古書の売買までも広く手がけた。主として内容の硬い本を扱う書物屋（書物問屋）と、大衆向けの音曲や実用書、読本などを中心に扱う地本屋（地本問屋）とが、幅広く印刷物を作成・販売し、大きく花開いた江戸の出版文化を支えた。

【戯作者】（げさくしゃ・けさくしゃ）
戯作とは江戸時代中後期から明治初期にかけて書かれた小説などの通俗文学のことで、戯作者はその著者。作家である。

草紙屋薬楽堂ふしぎ始末　月下《げっか》狐の舞

千両萬両　冥途《めいど》の道行《みちゆき》

一

啓蟄《けいちつ》を過ぎて、気の早い江戸っ子たちはそわそわと、膨らみ始めたばかりの桜の蕾を見上げる季節となった。

女戯作者《げさくしゃ》鉢野金魚《はちのきんとと》は、通油町の草紙屋《そうしや》薬楽堂《やくらくどう》に向かってぶらぶらと歩いていた。

甲螺髷《ばいまげ》の髪に鮮やかな若葉色の翡翠《ひすい》の簪《かんざし》を差し、着物は青色の棒縞。ほんのりと橙の入った黄色の帯に、煙草入れを差している。叺《かます》は水色の鹿革。前金は古色の銅の枝に、薄紅の珊瑚《さんご》で作った一輪の桜。のんびりと道を行く風情ではあるが、実のところ機嫌は悪い。原因は懐に挟んだ読本《よみほん》であった。

近頃人気の千両萬両《せんりょうまんりょう》という戯作者の本である。題名は【小野萬了《おののまんりょう》　冥途《めいど》の道行《みちゆき》】で、二巻目まで刊行されていた。読本はたいてい五巻から六巻で一編となるので、物語はまだ途中である。金魚の懐の一冊は、出たばかりの二巻であった。

金魚が薬楽堂の前土間に入ると、縞のお仕着せを着て紺色の前掛けをかけた小僧の松吉《まつきち》、竹吉《たけきち》が「おはようございます、金魚さん」と声をかけた。

帳場机には主の短右衛門《たんえもん》が座り、若い番頭の清之助《せいのすけ》は、錦絵を求める客の相手をしている。

「大旦那と無念《むねん》は下読《したよ》みかい？」

金魚は二人の小僧に訊いた。

無念とは本能寺《ほんのうじ》無念。戯作者である。

この時代、筆一本で食えるのはほんの一握りの人気戯作者ばかりで、大多数の戯作者は別に本業をもっていた。しかし無念は本業をもたない。本の売り上げもそこそこなので、薬楽堂の家に厄介になっているのだった。

「へい。大旦那は離れで下読みでございます。無念さんは部屋で草稿をお書きで」

竹吉が答えた。

薬楽堂では昨年の師走から〈素人戯作試合〉の草稿を募集した。現代で言う文学新人賞である。締め切りは今年の七月。勝者の発表が九月で、本が出るのは来年の正月という予定であった。今年に入っても引き続き草稿の集まりがよく、大旦那の長右衛《ちょうえ》門《もん》は離れに籠もりっきりでそれを下読みしていた。

無念は長右衛門の手伝いで下読みをしているはずであったが――。

「もう筆工へ回さなきゃならないのに、まだ書き上がってないのでございますよ」

松吉がくすくすと笑う。

「ほんと、こりないねぇ」金魚は呆れた顔をする。

「戯作の一本くらい、十日もありゃあ書けるのに」

「そりゃあ、金魚さんだからできることですよ」帳場から短右衛門が言う。

「たいていの戯作者は無念さんと同じです」

金魚は速筆であった。だからほかの戯作者よりも多く本を出すことができ、まぁまぁの暮らしをしている。

「たいていの戯作者は怠け者なんだよ」

金魚は鼻で笑って通り土間へ進む。

さて、どちらの邪魔をしてやろうかと考えながら、中庭に建てられた二棟の小屋の横を通る。急ぎ時に、彫り師、摺り師が泊まり込んで仕事をするための小屋であった。奥の離れに、眉間に皺を寄せて草稿を読む白髪白髯の長右衛門が見えた。右手の母屋の部屋には、縁側ぎりぎりに出した文机に向かう無念の姿。

六尺（約一八〇センチ）はある偉丈夫で、きりっとした眉毛に大きな目のなかなかの美形であるが、無念は服装に頓着しない男であった。ここ数日は着の身着のままで執筆をしているのだろう、いつにも増して薄汚い様子である。

髷に結った総髪はぼさぼさで、無精髭は山賊のように伸びていた。よれよれの木綿の着物を着て文机に肘をつき、しかめっ面をしてうんうん唸っている。

「ねぇ、無念」

金魚は縁側に歩み寄る。

「あっ！」

無念は大きな声を上げて、金魚を睨んだ。

金魚は驚いて立ち止まる。

「なんだい、急に大声を出して」

「お前《め》ぇが声をかけるから、せっかく浮かんでた言葉がどっかに飛んで行っちまったんだよ！」

「たいしたことのない言葉だから飛んで行っちまったんだよ」

金魚は縁側に座る。

「やかましい！　一刻《いっとき》（約二時間）もかかって、やっと思いついた言葉だったんだよ！　どうしてくれる！」

無念は駄々っ子のように腕を振り回す。

「本当にいい言葉だったら、すぐに戻って来るよ」

金魚の言葉に、無念はじっと草稿を見つめるが、すぐに泣きそうな顔になる。

「ちくしょう……。戻って来ねぇよ」

「戻って来なけりゃ、それはたいしたことのない言葉だったのさ」

「ああっ！　やめたやめた！」無念は畳の上にごろりと横になる。

「もう書く気がしねぇ。お前ぇが声をかけたせいだからな」

「そうやって他人《ひと》のせいにして仕事をなまけようとする」金魚は座敷に上がり、無念の横に座った。

「筆が進まないのはお前の心が弱いせい。あたしなんか、家の仕事をしながら草稿を書いてるんだよ。飯も炊かなきゃならないし、家の掃除もしなきゃならない。客が来ればその相手もしなきゃならない。執筆が途切れることなんかしょっちゅうだよ。それでもあんたより筆が速い」

金魚はふてくされて寝転がっている無念の額をぴしゃりと叩いた。

「痛ぇ！　なにしやがんでぇ！」

無念は飛び起きた。

「やかましい！」離れから長右衛門の怒声が響く。

「気が散るから痴話喧嘩ならほかでやれ！」

「痴話喧嘩なんかじゃないよ！」

「痴話喧嘩なんかじゃねぇ！」

金魚と無念は同時に叫ぶ。

「なんでもいいから静かにしろい！　下読みの邪魔をするんなら、写本料を減らすぞ！」

長右衛門の大声が返る。

写本料とは原稿料のことである。

金魚と無念は肩をすくめた。

通り土間から清之助、松吉、竹吉が飛び出して来て、なにごとかと金魚に目を向けた。

金魚は顔をしかめ、手を振ってみせる。

清之助たちは苦笑いして店に戻った。

「それで、なんの用でぇ」

無念は座り直して小声で訊く。

「あんた、千両萬両って奴、知っているかい？」

「名前だけはな。地本屋の白坂屋《しらさかや》から本を出してる戯作者だろ」

「なんだい。読んでないのかい」

「他人さまの本なんか読んでる暇はねぇよ。自分の戯作を書くので精一杯だ」

「千両萬両に関わる、眉唾の話は？」

「ああ。河豚《ふぐ》に当たって一度死に、冥途で小野萬了に会って、戯作のネタを授けられたって話かい」

小野萬了とは、千両萬両と同じ版元の白坂屋から読本を出していた戯作者であった。小野篁《おののたかむら》の子孫で、自ら冥府に下り、見聞してきたと称する怪奇譚で人気があったが、数年前に卒中で没していた。

小野篁は平安時代の貴族で、京の六道珍皇寺《ろくどうちんのうじ》の井戸から自在に冥府と現世《げんぜ》を往き来したという伝説のある人物である。

「そう。三途の川の向こうとこっちで、小野萬了と話をして代筆をする約束をしたという触れ込みさ」

「で、それがどうしてぇ？」

「もともと、小野萬了が冥府に行って見聞したなんて話は信じなかったけど、読本は面白かったから全部読んでる――」

金魚は冥府だの幽霊だのというものも、神仏さえもまったく信じていなかった。

というのも、金魚の前身は女郎で、神も仏もない苦界《くがい》の悲惨さを嫌というほど見てきたからであった。

「ところが――」金魚は続ける。

「その小野萬了からネタをもらったっていう千両萬両の戯作がさ、腹が立ったらありゃあしない。一巻は我慢して読んだが、二巻目ではっきりした。千両萬両は嘘つきだね」

「おれは小野萬了も千両萬両も読んでねぇんだ。話が見えねぇよ」

「千両萬両の読本は、話はまぁまぁ面白いし、文も悪くはない。だけど、小野萬了の作風とはまったくの別物なんだ。萬了が書いたような怪奇譚じゃなくて、吉原や岡場所での色恋の話なんだよ」

「そりゃあ、小野萬了があっちへ行ってから作風が変わったんだよ」

無念はこの時代の多くの者たちと同様、あの世も幽霊の存在も信じていた。

「ばかだねぇ。なんで千両萬両の触れ込みが、売るための嘘だって思わないんだい？」

「まぁ触れ込みが嘘だとしてもさぁ。目くじらを立てることじゃねぇじゃねぇか。戯作は嘘八百を本当らしく書いてなんぼじゃねぇか」

「そりゃあそうだけど、それなら、作風まで小野萬了を真似なきゃだめじゃないか。きっと、なにか箔をつけなきゃ売れそうにない戯作だったから、萬了から話を聞いたなんて触れ込みを思いついたに決まってるんだ。白坂屋は小野萬了の版元でもあったから、どこからも文句が出ない。汚い手だよ」

「それならそれでいいじゃねぇか」無念は真面目な顔になる。

「戯作者を志す者にとって大切なのは本を出すことじゃねぇ。本を出し続けることだ。触れ込みが嘘で、戯作の腕も大したことがなきゃあ、そのうち消える。だけど、どんな方法で最初の一冊を売り出したにしろ、多くの者が手に取るような二作目、三作目が書けりゃあそれでいいんじゃねぇのかい」

無念の口から、意外にも真っ当な話が出て、金魚は言い返す言葉を見失った。

「今やってる〈素人戯作試合〉だってそうだ。一番になった奴の読本は、きっとその話題で売れる。だけど、次やその次の本が売れるかどうかは一番になった奴の腕しだい。腕のいい戯作者が出て来るのは嬉しいが——、商売敵が増えるってのはちょいと悩ましい」

無念は苦笑いしてみせる。

「あんたが真っ当なことを言うから、本音が言いづらくなった」

金魚は頬を膨らませた。

「なんでぇ、その本音ってのは？」

「その触れ込みが、あたしが途中まで書いてる話とかぶってるんだよ」

「なんでぇ。そういうことかい」

無念は大声で笑う。離れから長右衛門の咳払いが聞こえ、無念は、はっとしたように口に掌を当てた。

「河豚に当たって死んだ男の冥府の見聞録さ」

「なんでぇ、神も仏も信じねぇ奴が仏教説話かい」

「違うよ。最後で男は息を吹き返す。冥府の見聞は、死んでいる間の夢だったって話さ」

「夢落ちじゃねぇかよ。そりゃあ腕のねぇへっぽこ戯作者が使う手だぜ。金魚先生もついにネタが尽きたかい」

無念は嘲笑する。

「馬鹿にするんじゃないよ。【枕中記《ちんちゅうき》】の黄粱一炊《こうりょういっすい》の夢《ゆめ》と同じさ。あっちはいい思いをする人の世の旅（人生）なんてあっという間に過ぎちまうって話だ。だけどこっちは、楽しみも、苦しみや哀しみだって、ほんの一時《ひととき》堪えりゃあ、乗り越えられるっていう深遠な主題がある。だから、【枕中記】よりも上かもしれないねぇ」

金魚は自慢げに顎を反らす。

【枕中記】は唐の作家、沈既済《しんきせい》の小説である。

黄粱一炊の夢は、粟飯が炊きあがる間に見た短い夢という意味で、名を上げたり大金持ちになったりという人生でも、あっという間に過ぎてしまう儚いものなのだという話である。

「千両萬両の戯作の触れ込みと一緒だって言ったが、中身は違うんだろう？　向こうは男と女の色恋の話なんだったらなにも心配することねぇじゃねぇか」

「読み手はそうは思わないよ。ばかな手合は、あたしが萬両の触れ込みを手掛かりにして話を思いついたって考える。それで、まるで鬼の首をとったみたいに吹聴して歩くんだ。『鉢野金魚は千両萬両のネタを盗んだ』ってね」

「ああ、それはそうかもしれねぇな。おれの戯作も【南総里見八犬伝《なんそうさとみはっけんでん》】を下敷きにしてるなんて頓珍漢《とんちんかん》なことを言われたことがある」

「そういう人を貶《おとし》める噂は蜜の味さ。万民が大好きときてる。すぐに広がって、消せやしない。馬鹿どもが忘れるまで、こっちはじっと待ってなきゃならない――。ってことで、一昨年の秋に書き出した戯作は、去年の春に萬両の一作目が出たところで一時棚上げ」

「中身が違うのに、触れ込みと似ているってだけで棚上げにするってのは気の毒だなぁ」

無念は腕組みした。

「だろ？　こっちはいい迷惑なのに、触れ込みと中身が食い違ってるっていう手抜きも、死んだ戯作者の代筆をしてるなんて嘘をついて売れようってのも気に食わない」

「気に食わなくても仕方がねぇだろ」

「仕方はあるね」

　金魚は顎を反らす。

「どうするんでぇ」

「白坂屋と千両萬両に説教してやるんだよ」

「やめろ、やめろ」無念は呆れた顔で手を振った。

「説教したってどうなるものでもねぇ」

「あたしの胸がすっきりする」

「強請《ゆす》りたかりの類《たぐ》いだってんで、奉行所に訴えられるぜ」

「向こうだってやましいところがあるんだ。訴えられるもんか」

「それなら勝手にすりゃあいいだろう」

　無念は面倒くさそうに話を切り上げて、筆を取る。

「だからさぁ」金魚は急に科《しな》を作る。

「白坂屋までつき合っておくれよ」

「お前ぇの胸がすっきりするってだけの話なら、お前ぇだけで行きな」無念はもう一度筆を置く。

「だいいちなぁ、千両萬両の触れ込みは、もう知れ渡ってるんだ。今さらじたばたしたってどうしようもあるめぇよ。お前ぇが書きかけている戯作は、【小野萬了　冥途の道行】や千両萬両が飽きられて、世間さまが忘れちまった頃を見計らって出す以外に手はねぇよ」

　そんなことは最初から分かってる――。

　金魚は頬を膨らませる。

　今日の金魚が無念に求めていた言葉は、理路整然とした反論ではない。自分の不満に寄りそって「そうかい、そうかい」と相づちを打ってくれればそれでよかったのだ。

　いつもは他人の話を理詰めで否定するくせに、そんなことは棚に上げている。

　そんな自分に気づき、金魚は恥ずかしくなった。

　なんだい……。あたしは無念に甘えたかったのかい……。

　金魚は、自分自身への照れ隠しに、乱暴に立ち上がった。

「もういいよ！」

　金魚は足音も荒々しく座敷を出て、沓脱石《くつぬぎいし》の草履を引っかけた。

「無駄な騒ぎは起こさねぇが得だぜ」

　後ろから聞こえた無念の声に振り返り、金魚はあっかんべぇをして中庭を走り去った。

二

白坂屋は、薬楽堂と同じ通油町、一町（約一〇九メートル）ほど離れたところにあった。

広い間口に斜めになった棚が置かれ、本の表紙がよく見えるよう並べられている。短い暖簾が微風に揺らめいていた。

本を物色する数人の客を横目に、金魚は前土間に入る。

帳場に座っていた番頭が驚いた顔をした。通油町は地本屋が多く集まる界隈である。それぞれの店の者は、ほかの店の主、奉公人、その店で本を出している戯作者の顔はたいてい見知っていた。

「これはこれは、鉢野金魚先生じゃございませんか」

金魚の名を聞いて、客の何人かが前土間を覗き込んだ。

「千両萬両さんの本、楽しく読ませてもらってるよ。それでさぁ、萬両さんと話をしてみたいなと思ってね。なんとかならないかい」

金魚は愛想よく言った。

「左様でございますか――。少々お待ちくださいまし」

番頭は言って奥へ入り、すぐに薄茶色の仕立てのいい着物を着た初老の男、主の吉《きち》右衛門《えもん》と共に戻って来た。

「いらっしゃいませ、鉢野金魚先生。萬両先生とお話がしたいそうで」

　吉右衛門は板敷に座り、金魚を見上げた。

「萬両さんの見てきた冥途のことを聞いてみたいと思いましてね」

「さて――」吉右衛門は疑い深そうな顔で小首を傾げた。

「金魚先生の戯作に登場する梶原椎葉《かじわらしいば》は、確か、神も仏も、地獄、極楽も信じない女《にょ》人《にん》でございましたな。おそらく金魚さまもそのようにお考えではないかと推察しておりましたが」

「死にかけた者が三途の川の手前まで行ったって話はよく聞きます。だけど、全部又聞き。体験した本人から話を聞きたいと思いましてね――。白坂屋さんで書いている戯作者は何人か知ってますが、誰に聞いても駆け出しの萬両さんには会ったこともなければ住まいも知らないって言う。だから、白坂屋さんを訪ねて来たんでございますよ」

　白坂屋で書いている戯作者が千両萬両についてなにも知らないことは、すでに戯作者たちがよく集まる居酒屋〈ひょっとこ屋〉で聞き込んでいた。【小野萬了　冥途の道行】の一巻目が出た後すぐに、文句を言ってやろうと聞き込みをしたのであった。

　その時には、誰も千両萬両の住まいを知らなかったので、ねじ込むことはいったん諦め、二巻目が出るのを待ったのである。

ますよ」

「萬両先生は恥ずかしがり屋でございましてね。同業者に会いたがらないのでござい

「そうでございますか。それじゃあ、白坂屋さんが知っていることを話してもらえませんかねぇ」

金魚は板敷に腰を下ろして吉右衛門の顔を見つめる。

金魚を見つめ返す吉右衛門の目には頑な光がある。だいぶ警戒しているようだと金魚は思った。

「わたくしが存じていることであれば」

「まずは、【小野萬了　冥途の道行】のことでございますがね、萬了さんが書いていた戯作の作風や文体とずいぶん違っているように思うんですが、それはなぜでございましょうね」

「萬了先生は、怪奇譚を得意としておりましたが、廓遊《くるわ》びも好きなお方でございました。生前書けなかった話を書きたかったのだそうでございます。文体については金魚先生も心当たりがあるのではございませんか？　題材によって相応《ふさわ》しい文体がございますから、廓の話に合わせたものにしているのでございますよ」

「なるほど――」

「金魚先生」吉右衛門は少し身を乗り出す。

「萬両先生が冥途から帰って来たという触れ込みに疑問をお持ちなのでございましょ

うが、それを暴いて触れ込みを否定なさるのは、無粋でございますよ」

「それは触れ込みは嘘だが、それを暴かないで欲しいってことかい？」

金魚は吉右衛門を睨む。

「いえいえ。萬両先生が河豚に当たって一度死んだということも、三途の川のあっちとこっちで小野萬了先生と話をしたということも本当でございます。ただ、世の中には〈暗黙の了解で楽しむ〉ということもございます。曲亭馬琴《きょくていばきん》先生の【南総里見八犬伝】はお読みで？」

「読んでますよ」

「楽しんでお読みでございますか？」

「面白いと思っております」

「現実にあった話だとお思いで？」

「はは ぁ――。戯作は荒唐無稽な設定も許される。つまり、萬両さんの触れ込みも、戯作の設定の一つ。暗黙の了解で楽しむものだと仰せられる？」

「いえいえ。萬両先生の触れ込みは事実でございます。しかし、触れ込みまで含めて、一つの作品というものもあると申し上げているのでございます。そういう場合、触れ込みが嘘だと言うのは無粋でございます」

吉右衛門の言葉に、金魚はちょっと顔をしかめた。

触れ込みまで含めての戯作なのだと言われてしまえば、自分が書きかけていた〈河豚に当たって死んだ男の冥府の見聞録〉は、諦めざるを得ない。読本のネタは先に出したもん勝ち――。

無念が言ったとおり、そして自分でも気づいていたとおり、世間さまが【小野萬了冥途の道行】か千両萬両そのものを忘れてしまうまでお蔵入りさせるしかない。

「それを承知の上で、千両萬両先生にお会いになりたいと仰せられるのであれば、座を設けますが、いかがいたしましょう？」

吉右衛門は勝ち誇ったような笑みを浮かべた。

「その気になったら、またお邪魔いたしますよ」

金魚は小さな溜息をついて腰を上げた。

負けた、負けた。ちゃんと筋道を立ててから動かなきゃ、恥をかくことになる。肝に銘じなきゃならないねぇ――。

軽く頭を下げて店を出ると、金魚はのろのろと薬楽堂に向かって歩きながら、自分の心を整理してみた。

まったくの素人の頃は、他人とネタが被ることなんか考えずに、自分が好きなことを書き綴っていた。戯作を本業とした後は、ほかの戯作者とネタがかぶることはなかった。

だから、自分で考えたネタをお蔵入りさせる、あるいは捨てるという経験はなかった。

【小野萬了　冥途の道行】を読んですぐに、そうなるのではないかという予感があり、金魚の胸に今まで感じたことのなかった悶々としたものが生まれた。

【小野萬了　冥途の道行】の評判が上々なのを知り、予感が的中しそうなことを強く感じた。

書きかけの戯作を中断すべきか？

それとも、お蔵入りを承知で一気に書いてしまうか？

気が短い金魚にとって、どちらも辛い選択であった。

せっかくの戯作を中断したくはない。

しかし、書いたところでしばらくは本にならない。

その感情を持て余して、自分は無念に慰めてもらいたかったのだ——。

薬楽堂に戻ると、金魚は無念の部屋の縁側に座って白坂屋での顚末を素直に語った。

爆笑され、嘲られると思ったのだが、無念は真剣な顔で金魚の話を聞き、

「そうかい。触れ込みまで含めて戯作だと納得できたかい」

と、優しく言った。自分にも心当たりがあるのか、それともさっきの言い合いを、無念なりに反省したのかは分からなかったが、金魚は心が温かく落ち着くのを感じた。

「読本のネタは先に出したもん勝ちってのはそのとおりだ。そのことで心を乱してい

ちゃあ、おまんまの食い上げになる。まずはお互いに、目先のことを片づけなきゃな」

と無念はにっこりと笑った。

目先のことを片づけなきゃならないのは、あんたや大旦那だろう――。いつもならば、そう混ぜっ返すところだが、金魚はしおらしく「そうだね」と答えた。

その時、中庭に清之助が現れた。

「あのー。金魚さん。お客さんでございます」

「誰だい？」

「はい。千吉《せんきち》さんと名乗られました」

「千吉って名前の知り合いはいないね」

金魚は眉をひそめた。

「話は終わったから、ここへ通しな」

無念が言う。目先のことを片づけようと言ったばかりなのに、もうすっかり戯作の続きを書く気がなくなったようで、無念は文机を座敷の奥に片づけ、丸めた反古《ほご》紙を拾う。

清之助は店に戻り、すぐに中年男を一人連れて戻ってきた。

くたびれた木綿の着物に腹掛けと股引。月代《さかやき》には冬の田圃の刈り株のように毛が伸びている。

清之助は千吉を中庭に残して店に戻った。

「あたしが金魚だが、なんの用だい？」

金魚は手を伸ばして座敷の煙草盆を引き寄せ、帯から煙草入れを抜いて煙管を吸いつける。曼珠沙華《まんじゅしゃげ》の彫りのある銀延べ煙管である。

「へい……」中庭に突っ立ったまま、千吉はもじもじとする。

「白坂屋で金魚さんをお見かけしたもんで……」

「お前も白坂屋にいたかい」

金魚は店先にいた客たちを思い出してみたが、千吉の姿はなかった気がする。

「なんだ。金魚のご贔屓《ひいき》かい」

無念が言う。

「いえ、そうじゃないんで……。金魚さんは推当物《おしあてもの》も書くが、実際に色々な事件を解決しているって聞いて、なんとかいい手を思いついてくれるんじゃねぇかと思いやして……」

推当物とは、金魚が得意とする推理物の物語である。

「相談ごとかい？」

金魚は煙管の灰を灰吹きに落とし、雁首《がんくび》に息を吹きかけて冷ましてから新しい煙草を詰める。素っ気ない態度をとってはいたが、自分の推当を頼りにして来たという言葉に、実のところ有頂天になっていた。さっきまでの沈んだ気分がすっかり吹き飛んでいる。

「へい……。左様で」

「あたしの推当を頼りに来たっていうんなら、ちょいと披露してやろうかね」

金魚は千吉の頭の天辺から足の先まで眺め、

「お前、浅草辺りに住んでるね？」

金魚の問いに、千吉は驚いた顔をする。

「ご明察でございます」

「生業は紙屑買《かみくず》いだ。それによく書き物をしている」

「それもご明察でございます。浅草田原町二丁目の紙屑買いでございます」

千吉は嘆息を漏らす。

「よく書き物をしてるってぇのは、おれも千吉の右手中指の胼胝《たこ》で察したが、浅草の紙屑買いってのはなんで分かった？」

無念が訊く。

「着物に細かい紙の繊維がついてるんだよ。そういうのがつくのは、紙屑をほぐす紙の漉《す》き返し屋か紙屑買いくらいのもんさ。だからまず、漉き返し屋が多い浅草に住んでいるのかってカマをかけた。だけど、手にふやけた痕がないから、こりゃあ紙屑買いだなと推当てた」

紙屑買いはその名のとおり、家々を回って反古紙を買う商売である。買った紙は紙の漉き返し屋に売られ、再生紙となる。浅草山谷から千住の辺りにかけて〈浅草紙〉という再生紙を作る漉き返し屋が多かった。浅草紙は主に落とし紙――トイレットペーパーに使われる。

ちなみに、買う気もないのに店に入って品物を見たり、値段を訊いたりすることを〈ひやかす〉と言う。江戸後期の国学者であり考証家の喜多村信節《きたむらのぶよ》の著書【嬉遊笑覧《きゆうしようらん》】に曰く、山谷辺りの紙漉が、紙の材料を川に浸けて冷やしている間に、近くにあった吉原に出かけて張見世を見物して歩いたことが語源だという。

「あたしが解決した事件は戯作にするよ。それでもいいのかい？」

「へい。構いやせん」

千吉はすがるような目で金魚を見た。

「そうかい。それじゃあ、ここに座りな」

金魚は煙管で縁側を指すと、火入れで煙草を吸いつける。

千吉は恐縮した様子で金魚に並んで縁側に座った。部屋の片づけを終えて、無念は二人の側に腰を下ろす。

「どんな相談だい？」

金魚は煙を吐き出す。

「へい。あっしは紙屑買いを本業としておりやすが、仰るとおりよく筆を使っておりやす」

千吉の言葉に、金魚は眉をひそめた。

「戯作を書いているかい？」

「それもご明察で。筆名を千両萬両と申しやす」

たった今まで話題にしていた張本人が現れたので、金魚と無念は顔を見合わせた。

「実は、さっき白坂屋さんに相談に行ってたところに金魚さんが現れて、話が途中になったんでございます――。それで、金魚さんがお帰りになってから、白坂屋さんからにべもない返事をされました。途方に暮れていた時に、はっと金魚さんに相談すればと考えついたんでございます」

千吉は言った。

ばたばたと大きな音を立てて長右衛門が離れを飛び出し、無念の部屋の前に駆けつける。

「詳しい話を聞こうじゃねぇか。推当物を書いたんなら、うちで出してやってもいいぜ」

長右衛門は、追い立てるように千吉を座敷に入れる。金魚は苦笑しながら煙草入れを手に提げて中に入った。

「それで、どんな相談だい？　推当物を書きたいってことじゃなさそうだね。もっと深刻な話だ」

金魚は言う。

「へい――。下手をすると命に関わりやす」

千吉が泣きそうな顔で答えた。

「命を狙われているってのか？」

長右衛門が訊く。

「事をしくじれば、そうなるやもしれやせん」

千吉の答えに、無念が面白そうに笑った。

「命を狙われてる奴が、命を狙っている奴のところに飛び込んで来たかい」

「えっ……」千吉は驚いたような顔を無念に向ける。

「それは、どういうことでございます？」

「金魚は、お前の売り込みに使った宣伝文句が、自分の戯作とかぶってるってんで、たいそうおかんむりなのよ」

「それはさっきまでだよ」

金魚はむすっとした顔で言った。

無念は面白がって千吉に子細を語った。

「なんとまぁ、尻《けつ》の穴の小せぇ」

長右衛門は啞然とした顔で首を振った。

金魚は膨れっ面をして無念の腕をひっぱたいた。つい今し方までの甘い気分は霧散していた。

「左様でございましたか――。それはご迷惑をおかけいたしました」

千吉は平伏して詫びを言う。

「頭をあげな」金魚は忙しなく手を動かす。

「そんなことをされると、あたしがますます嫌な奴になるじゃないか」

「それが――、あっしのご相談も、まさにその嘘八百の宣伝文句にあるんでございやす」

千吉はのろのろと身を起こした。

三

昨日のこと――。

千吉が白坂屋から写本料を受け取って浅草田原町二丁目の長屋に戻った直後、がらりと腰高障子が開いた。

板敷に寝転がって一服つけていた千吉は驚いて身を起こし、入ってきた男を見上げた。

三十絡みの侍であった。仕立てのいい羽織袴であったので、身分の高い旗本か大名の家臣であろうと思った。

「其方《そち》が千両萬両か？」

男は冷たい目で千吉を見下ろしている。なにやら怒りを抑え込んでいるような表情である。千両萬両の戯作を楽しんでいる読み手ではないことはすぐに分かった。

「へい……。左様で……」

白坂屋から尾行《つけ》られたのだと思った。外まで見送ってくれた吉右衛門としばらく立ち話をした。その時に吉右衛門は萬両という筆名で自分を呼んでいた――。

「わたしは小野萬了の孫で小野三郎助《さぶろうすけ》という」

男の名乗りに、千吉はぎょっとした。

萬了に係累はないと聞いていた。だから、どこからも文句は出ないだろうと、『冥府で萬了に会って――』という触れ込みを白坂屋吉右衛門が提案し、筆名も〈萬了〉と同じ音の〈萬両〉とした。そして、苗字を〈千吉〉の千を取り、さらに景気のいいものをということで〈千両〉としたのであった。

千吉は自分の作品として出したいと言ったが、吉右衛門は写本料に色を付けるからということで押し切った。

「そ……、そりゃあ、また……」

千吉は狼狽《うろた》える。

【小野萬了　冥途の道行】の件でいちゃもんをつけに来たに違いない。

千吉は顔が冷たくなるのを感じた。心の臓がどきどきと強く胸郭を打つ。

どうしよう――。

「祖父から聞いた話を代筆しているのだそうだな。ならば、お前がもらった写本料の半分、いや七割は祖父のものであろう」

「いや、それは……」

小野萬了から聞いた話の代筆など嘘っぱちである。しかし、今ここでそれを明かすわけにはいかない。小野三郎助と名乗るこの男が、本当に小野萬了の孫であるという証《あかし》もないのだ。

「二巻分の写本料の、七割を払ってもらおうか」

強請りか――。

千吉の口の中はからからに乾く。

「いや……。一巻目の分はもう使ってしまいましたし、二巻目の写本料はまだもらっておりやせん」

一巻目の写本料については本当であったが、二巻目については嘘である。

「一巻目は随分売れたはずだ」三郎助は部屋の中を見回す。

「なのに、こんな粗末なところに住んでいるのだから、溜め込んでいるであろう？」

「戯作の写本料は安いんでございやす……」

それは嘘ではなかった。

「いくらもらった？」

「へい……。一両でござんす」

江戸時代の一両は、現代の価値に直せば、前期で十万円、中期で八万円、後期の万延年間では五万円ほどである。金魚の生きた時代なら贅沢をしなければ一月《ひとつき》ほどは暮らせる金額であろうか。

「そんなに安いはずはなかろう！」

三郎助は怒鳴って、脇差の鯉口を切る。

「ひえっ！」

千吉は悲鳴を上げて尻で後ずさった。

三郎助は脇差を抜いた。大刀を抜かなかったのは、狭い長屋の部屋では刃があちこちにぶつかるからである。

どんっ。と、片脚を板敷に上げる。

「大きな声を出すな。次に騒げば問答無用で斬る」

千吉はがくがくと肯いた。

三郎助は土足で板敷に上がり込み、脇差の切っ先を千吉の喉元に突きつけてもう一度繰り返した。

「写本料がそんなに安いはずはなかろう」

千吉は寄り目になりながら脇差の尖端を見つめ、

「う、嘘ではございやせん……。あっしの写本料は、一丁につき銀二匁《もんめ》でござんして、【小野萬了　冥途の道行】は三十丁で銀六十匁――、で小判に直して一両で」

と言う。

この時代の本は版木で摺られる。版木は一枚で二ページ分。それを一丁と呼ぶ。

またこの時代は一両が銀六十五匁、七十匁、などと相場が激しく変動したが、白坂屋は〈色を付けて〉旧来の相場で支払ったのである。

「うーむ……。では、一巻目と二巻目の祖父の取り分として一両を用意しろ」

三郎助は千吉を睨みつけた。

二巻目の写本料としてもらった一両は懐に入っていたが、それはあちこちへの支払いなど、使い途《みち》が決まっていた。

「そんなご無体な……」

「無体なのはどっちだ。人の褌《ふんどし》で相撲をとっているくせに戯作者を名乗りおって！」

三郎助は脇差を振り上げる。

千吉はきつく目を閉じ、身を縮めた。

ひゅっ。と、刃が風を斬る音がした。

斬られた衝撃はなかった。

千吉は薄目を開けた。

三郎助は脇差を鞘に納める。

「明後日まで待ってやるから、一両を用意しろ。用意できなければ、分かっておるだろうな」

と言いながら、三郎助は刀の柄をぽんぽんと叩いた。


「一睡もできずにどうしよう、どうしようと考えて、なにも妙案が浮かばなかったものですから、あっしは白坂屋さんに相談に行きました。ですが白坂屋さんは『小野萬了には係累はない。小野三郎助とやらは、騙《かた》りに違いないから、奉行所へ訴えると追い返せばいい』なんて仰って、とりあっていただけやせん」

千吉は大きく溜息をついた。

「小野萬了のネタを使ったわけじゃないなんて今さら言えねぇしな」無念は無精髭の顎を撫でる。

「一両なんて金は用意できねぇ。白坂屋の旦那も助けてくれねぇ。たまたま話の腰を折っちまったのが金魚。快刀乱麻の如く謎を解き、厄介事を解決する梶原椎葉を描いた金魚ならば、自分の苦境を救ってくれるかもしれねぇと考えて――」

「藁《わら》にすがりに来たかい」

長右衛門がにやりとする。

「あたしゃ、藁じゃないよ」

金魚が銀延べ煙管で長右衛門の膝を叩く。

「で、どうするんだ金魚」

無念が訊いた。

「そうさねぇ。聞かなかったことにしてうっちゃっておくのが一番だね」

金魚は冷たい目で千吉を見る。忘れたはずの恨みが蘇っていた。

「そんな……」

千吉は絶望的な顔をする。

「あたしは、お前の触れ込みのせいで、せっかく書き始めた冥途の見聞録ってネタを棚上げにせざるを得なくなって、えらい迷惑を被ったんだ。助けてやる義理なんかこれっぽっちもないいね」

金魚は人差し指と親指に十厘（約三ミリ）ほどの隙間を作ってみせて、顔をしかめる。

「そんな……。あっしの触れ込みは白坂屋さんが……」

「でっちあげたのは白坂屋でも、お前もそれに賛同したんだろ。だったら同罪だよ。狡《こす》っ辛《から》い手で売れようっていう根性が気に食わない。どこかで一両を盗むなり、小野三郎助とやらに斬り殺されるなり、殺される前に首をくくるなり大川に身を投げるなり、勝手にすりゃあいいさ」

金魚はそっぽを向いて、新しい煙草を吸いつける。

「金魚先生が助けてくれねぇんなら、おれが一肌脱いでやろうか」

無念が言った。

「馬鹿野郎。お前ぇは草稿を書かなきゃならねぇだろうが」

即座に長右衛門が言う。

「だとよ」無念は肩をすくめる。

「聞いたとおり、おれは草稿を書かなくちゃならねぇし、うちの大旦那は〈素人戯作試合〉の草稿を読まなくちゃならねぇ。金魚先生はおかんむりをぶり返したときてる――」

そこで言葉を切り、無念はにやりと笑った。

「だからよう。相談できる相手を紹介してやろうじゃねぇか」

無念が言った瞬間、

「駄目だよ」

と金魚は言い、灰吹きに煙管の灰を落とす。

「なんでぇ。まだ誰を紹介するとも言ってねぇじゃねぇか」

「どうせ真葛《まくず》の婆ぁを紹介するってんだろ」

真葛とは只野《ただの》真葛。奥州仙台に住む思想家にして随筆家であり、薬楽堂の面々とは昵懇《じっこん》の間柄である。昨年の末に江戸に出てきて、築地南飯田町の知人の家に身を寄せていた。金魚に負けず劣らず頭の切れる老女である。以前は尊敬を込めて〈真葛さん〉と呼んでいた金魚であった。しかし、昨年の暮れに真葛が江戸に戻って来てから急激に距離が縮まって、親しみを込め、そして嫉妬と尊敬と、それを否定する様々な思いがない交ぜになって〈真葛の婆ぁ〉、〈真葛婆ぁ〉、あるいはただ単に〈婆ぁ〉と呼ぶようになっていた。

「真葛の婆ぁにネタを取られるくらいなら、あたしが話に乗るよ」

「本当でございますか！」

千吉の顔がぱっと明るくなった。

「仕方がないから藁になってやる」金魚は筒に煙管を納め、帯に挟む。

「ところで、昨日もらった写本料、様々な支払いを済ませりゃあいくら残る？」

「二十匁ほどでしょうか……」

「それなら、十匁を紙に包んで用意しておきな。明日、三郎助とやらが来たら、『これしか用意できなかった』って言ってそれを渡すんだよ」

「でも……。用意するよう言われたのは一両でございやす」

「大丈夫だよ。お前の話を聞く分には、三郎助とやらは、強請りに馴れた野郎じゃない。大名か大身旗本の家臣のようだったっていうお前の読みが正しけりゃあ、金が欲しいってわけでもなさそうだ。斬り殺されることもなく、残りはいついつまでに用意しろって言って引き上げるさ」

「なにか裏があるってのかい？」

長右衛門が片眉を上げた。

「強請りを商売にしている野郎なら、昨日、長屋へ行った時に、千吉の懐をあらためてる。仕掛者《しかけもの》（詐欺師）ならそこらの侍に化けることはお手の物だが、大名や大身旗本の家臣っていう風情を演じるのは、そこそこ腕のある奴じゃなきゃ無理だ。そんな奴が、駆け出しの戯作者を狙うとは思えない。絶対に裏があるね」

「裏と仰せられますと？」

千吉の顔に不安の色が浮かぶ。

「それをこれから探るのさ――。さぁ、お前はもう帰りな。あたしはちょいと明日の用意をしなくちゃならない。用心のために、お前の長屋に見張りをつけてやるから安心しな」

金魚は言って立ち上がった。

四

その夜も、一睡もできなかった千吉は、空が白む頃に井戸端に向かった。いつもならば、もう天秤を担いで商売に出かけている時刻だったが、今日はそんな気にならなかった。

既に朝飯を終えた部屋の女房や鰥夫《やもめ》の職人たちが鍋や釜、食器を洗っていた。

「あれ、千吉さん。今日は休みかい？」

隣の女房が訊いた。

「ちょいと風邪をひいたみてぇでな」

千吉は手桶に水を汲んで顔を洗う。

「そりゃあお気の毒さまだな」向かいに住む大工の文三《ぶんぞう》が言う。

「まだ飯を炊いてないいんなら、持っていこうか？　おかずはねぇが飯だけはたっぷり炊いてある」

この時代、一日に食べる分の飯は朝に炊き、お櫃《ひつ》で保管した。

「ありがとうよ。だけど、食欲がねぇんだ」

「聞いたんだけどよ――」文三が声をひそめて言った。

「昨日、侍が怒鳴り込んで来たっていうじゃねぇか」

千吉の表情が固まった。

この長屋は、昼間はほとんどの店子《たなこ》が出払っているので昨日の騒ぎは聞かれていないとふんでいたのだったが――。

「誰が言ってた？」

「一番奥のご隠居よ。耳の遠いご隠居にも聞こえるくれぇの怒鳴り声だったっていうじゃねぇか」

「あたしも聞いたよ」

「あたしもだ」

井戸端の女房たちも文三を真似て声をひそめる。

なんでぇ……。長屋の連中はみんな知ってやがるのかい……。

千吉は舌打ちしたい気分になりながらも、顔に笑みを浮かべる。

「ああ……。大丈夫だよ。間違えて大事な書き物を反古紙で出したから返せって言ってきたのさ」

「なんでぇ。手前ぇが間違ったのに、怒鳴り込んで来たのかい。これだから侍ぇって奴は――」

「心配かけて悪かったな。その件は大丈夫だから」

「そうかい。それじゃあ、なにか厄介なことになったら相談しなよ」

文三は千吉の肩をぽんと叩くと去っていった。

千吉は「あたしたちも力になるからね」という女房たちの声に送られて部屋に戻った。

後ろ手に腰高障子を閉めたとたん、不安が押し寄せてきた。

金魚は、見張りをつけてくれると言ったが、今外に出た時には、そんな奴の姿なんかなかった。本当に見張ってくれているのだろうか――。

一両と言ったのに、たった十匁しか用意しなかったと、侍が逆上して斬りかかってくるんじゃないだろうか――。

逃げ出したい――。

千吉は板敷に上がって藁布団の上に座り込む。

逃げて長屋をかえたとしても、商売をおいそれとかえることなんかできやしない。紙屑買いにも縄張りがあるから、勝手に回る場所をかえるわけにはいかない。紙屑買いを続けていれば、すぐにあの侍に見つけられてしまうだろう。

何年もかけて、あちこちに頭を下げ広げていった縄張りを捨てて、一から始めることを考えると気が遠くなる。

金魚に授けられた策を実行する以外に、自分が助かる道はない——。

でも——。

考えは堂々巡りを繰り返す。考えが一周すると不安はさらに増していく。

三郎助は仕事を終えた時刻を見計らって訪ねて来るだろう。だとすれば、来るのは昼過ぎだ——。

「ああ、こんなことなら商売に出た方が、気が紛れた……」

千吉は、立ったり座ったり、部屋を歩き回ったり、ついには諦めて掻巻《かいまき》にくるまって藁布団に寝転がった。

昼過ぎ。外のどぶ板を踏む音がして、千吉は飛び起きた。

慌てて藁布団と掻巻を片づけて枕屏風で隠す。

板敷に正座した時に、腰高障子ががらりと開いた。

小野三郎助が射るような目で千吉を見る。

乱れた髷や、目の下にくまを作った千吉の顔を見ると、三郎助は一瞬笑みを浮かべた。

「金は用意できたか？」

障子を閉め、三和土《たたき》に突っ立ったまま、三郎助は訊いた。

「へい……。どう頑張っても、これだけでございやした……」

千吉は銀十匁の包みを板敷に置いた。

三郎助はひったくるようにそれを取ると、中身をあらためた。

「たった十匁ではないか」

三郎助は千吉を睨むが、激昂した様子はない。

「申しわけございやせん」

千吉は平伏する。

「白坂屋から次の本の写本料を前借りすればよい」

「吉右衛門の旦那は渋ちんでござんして……」

「そんなことは知らん」三郎助の声は笑いを含んでいた。

「明日までに残りを用意しておけ」

「そんなご無体な……」

千吉は顔を上げる。

三郎助は嬉しそうな笑みを浮かべていたが、千吉と目が合うとすぐに渋面を作った。

「無体なのはお前の方だと言うたであろう。四の五の言わずに明日までに残り五十匁を用意せよ」

三郎助は乱暴に腰高障子を開け、外に出て行った。

千吉は大きく息を吐いて体から力を抜いた。

金魚の言ったとおり、三郎助は刀を抜くこともなく帰って行った。しかし、明日までに五十匁を用意せよという――。

今日の不安は去ったが、明日の不安が生まれた。この先の展開を聞いていない千吉は、居ても立ってもいられなくなった。

三和土に下りて草履を引っかけ、外に飛び出す。薬楽堂へ走って今の顚末を伝え、明日はどうすればいいのか聞かなければならないと思ったのである。

木戸を出たところで、人影が行く手を遮った。

ぎょっとして足を止めると、目の前に黒茶の小袖に黄土色の袖無しと軽衫《カルサン》、同色の頭巾を着けた中年男が立っていた。

俳諧師か学者、あるいは八卦置《はっけお》きのような姿だったが、薬楽堂に関わりのある橘町一丁目の読売屋、北野貫兵衛《きたのかんべえ》である。しかし、千吉は貫兵衛を知らないので、三郎助の手の者かと思い、真っ青になって身を固くした。

「鉢野金魚から言われたろう。見張りをつけると」

貫兵衛が言う。

「あっ……、では、見張りの方で？」

「そうだ。おれは北野貫兵衛という。もう一人が小野三郎助を追ってる。お前は部屋に戻っておとなしくしてろ」

もう一人とは、貫兵衛と共に読売を作っている又蔵《またぞう》であった。二人とも、元池谷藩の御庭之者《おにわのもの》であったから、見張りも尾行もお手の物であった。

「でも……。金魚さんに報告しなければと思いまして……」

「ちゃんと聞いてたよ。明日までに五十匁を用意しなけりゃならないっていうんだろ。それも心配するな。おれたちに任せておけ」

貫兵衛は千吉の肩に手を置いて回れ右をさせ、木戸の方へ押した。

五

夕刻、薬楽堂の離れを又蔵が訪れた。

離れには金魚と無念、長右衛門がいて、又蔵の報告を受けた。

「小野三郎助は、麻布市兵衛町の大身旗本長井内蔵助《ながいくらのすけ》さまの御屋敷に入りました」

「旗本の家臣かい」

金魚が言う。

「へい。小野三郎助は本名でございやした。代々長井家に仕えていて、小野萬了との関係はないようで。近所の評判は、真面目な男ってことで悪い話は聞きやせんでした。それに金に困っている様子もなく、たった一両ぽっちを強請るなんてちょいと考えられねぇなと」

「ふん。やっぱりなにか裏があるんだよ」

「千吉の長屋での様子は、床下から覗いてたんでござんすが、三郎助はなにやらたいそう嬉しそうな様子で虐《いじ》めてやしたぜ」

「人を虐めることが好きな奴はいるもんだ」長右衛門が顎を撫でる。

「千吉が冥途で小野萬了に会って話を聞いてって触れ込みが嘘だと見破って、虐めに行ったか。金を強請り取ろうってのはついでで、千吉が困り果てているところを見て喜んでやがるんだぜ」

「ただの楽しみのために、強請りなんかするかねぇ」金魚は小首を傾げる。

「大身旗本の家臣が町人を強請ったとばれちまえば、ただじゃすまない。なにか別の目的があるのか、よっぽど腹に据えかねてることがあるのか――」

「大身旗本の家臣が、紙屑買いにどんな恨みをもってるってんだい」

無念が言った時、金魚がぽんと膝を叩いた。

「無念。いいことを言ってくれたねぇ。なんとなく話が見えたよ」

「なにが見えたってんでぇ。おれにはさっぱりだぜ」

無念は口を尖らせた。

「三郎助は千吉が困り果てているのを喜ぶほどの恨みをもってる。そして、そのネタが、千吉が小野萬了と冥途で会って話を聞いたっていう嘘。なぜ三郎助が嘘と見破ったのかを考えりゃあ筋道が見えてくるだろう」

「よっぽど信心深い野郎じゃなきゃ、すぐに嘘と分かるぜ」

長右衛門が言った。

「はっきりと嘘と分かるなにかがあったんだよ」

金魚は立ち上がった。

「なにかってのはなんでぇ？」

無念が金魚を見上げる。

「明日、三郎助が千吉んとこに現れたらはっきりするさ。それまでの間、その惚《ぼ》け茄《な》子《す》頭で考えてみな」

金魚は離れを出て沓脱石の草履をひっかける。

「明日の昼、千吉の長屋で三郎助を待つよ。又蔵は貫兵衛と二人で、千吉が逃げ出さないように見張っておいておくれ」

「千吉が逃げないようにですかい？」

又蔵は怪訝な顔をする。

「千吉は、あたしらに重要なことを隠してる。それがばれたら大変だと、そっちでも戦々恐々としているだろうよ——。逃げ出そうとしたらとっ捕まえて部屋に押し込んどきな。あとは、万が一にも首をくくられないように見張っといておくれ。その時に逃げようとした理由《わけ》を訊いちゃいけないよ。明日の楽しみがなくなるからね」

　金魚はにっと笑って沓脱石を下りた。


深更。

千吉はそっと腰高障子を開けて首を突き出し、路地の左右の様子をうかがった。

股引に手《て》っ甲脚半《こうきゃはん》、尻端折《しりはしょ》りをして菅笠を被り、振り分け荷物を肩に掛けている。

旅装である。

小野三郎助が怖いのではない。そっちの方は鉢野金魚に任せておけば大丈夫だ。

だが——。

どう考えても自分の〝大嘘〟がばれてしまうのは時間の問題。鉢野金魚に相談したのは大間違いだった。

そう思っての逃亡である。

足音を忍ばせて外に出て、そっと障子を閉める。

その時、月明かりに照らされて障子に映った自分の影の横に、別の人影が映った。

はっとして振り返ろうとした時、いきなり羽交い締めにされ、口を塞がれた。

千吉は敵の掌の中で悲鳴を上げた。

「静かにしろい」低い中年男の声が耳元で囁く。

「おれだよ。昼間に木戸を出たところで声をかけた北野貫兵衛だ」

脇から若い黒装束の男が出て来て、そっと腰高障子を開ける。又蔵である。するりと部屋の中に入って、火付け道具で瓦灯《がとう》をともした。

千吉は貫兵衛に押されて部屋に戻った。

貫兵衛が手を離すと、千吉はのろのろと板敷に上がり、隅っこに正座して俯《うつむ》いた。

貫兵衛と又蔵は千吉の前にあぐらをかく。

「金魚さんは、全てお見通しでございますか……」

千吉は訊いた。

「どうやらそのようだが、詳しくは教えてもらっていない」

貫兵衛が答えた。

「見逃してもらえませんかねぇ……。このままじゃ、あっしは大恥をかいちまう……」

「どんな理由があるんだい――」又蔵が言った。

「と訊きてぇところだが、金魚さんにとめられているんでね。さっさと旅装を解いて、寝ちまいな。おれたちはここで見張らせてもらう」

「へい……」

千吉は、のろのろと着替えをして藁布団を敷き直し、掻巻にくるまって横になった。


夜明け前、又蔵が朝飯の用意に井戸端に出ると、長屋の女房たちが「見ない顔だね」と声をかけてきた。

「千吉兄ぃの仕事仲間でござんす。兄ぃが風邪をこじらせたようで、看病に来てやした」

と答えると、納得したようであったが、千吉の部屋を覗き込み、貫兵衛が千吉の布団の横に座っているのを見ると「医者が来ているからかなりの重病らしい」という噂があっという間に広がった。

そして――。

昼頃から金魚、無念、長右衛門が千吉の部屋に集まって来ると、まだ長屋に残っていた住人は「千吉はもう長くはねぇようだ」と囁き合った。

六

昼を少し過ぎ、小野三郎助が長屋の木戸をくぐり、千吉の部屋の腰高障子を開けた。

狭い部屋にぎっしりと人が座っているのを見て、三郎助はぎょっとした顔をした。

しょんぼりと肩を落とす千吉を真ん中に挟んで、金魚、無念、長右衛門、貫兵衛が座っていた。

三郎助は逃げようと踵《きびす》を返したが、そこには又蔵が立っていた。

「小野さま。まぁ中にお入りくだせぇ」

又蔵は殺気を放つ目で三郎助を見る。

三郎助も侍。又蔵の目つきですぐにその腕を推し量り、黙って三和土に入った。

「お前たちは何者だ？」

三郎助は板敷の端っこに腰を下ろす。腹をくくったのだろう。落ち着いた声音であった。

「あたしは鉢野金魚」

金魚が名乗ると、三郎助は目を見開いた。

「戯作者の鉢野金魚か」

「ご存じだとは思っておりました。こっちは薬楽堂の大旦那、長右衛門。それから戯作者の本能寺無念。それから読売屋の貫兵衛。外の男は同じく読売屋の又蔵」

「ふむ――。薬楽堂の者たちが勢揃いしておるところを見ると、わたしと千両萬両の間でなにがあったのか、お見通しということか」

三郎助は苦笑を浮かべた。

「麻布市兵衛町の大身旗本長井内蔵助さまの御家臣、小野三郎助さま。本名で強請りをするのは間違いでございましたねぇ」

麻布市兵衛町の地名を聞いた時、千吉の顔色が変わったのを金魚は見逃さなかった。

三郎助の苦笑は嘲笑に変わる。

「なんだ。推当物の名人、鉢野金魚ともあろう者が、ただの強請りだと思うておったか」

「見損なっちゃいけませんよ」金魚は煙草入れを抜いて、銀延べ煙管で煙草を吸いつけ、千吉を見る。

「千吉。お前、麻布市兵衛町と聞いて顔色を変えたね。お前の商売の縄張りだろ?」

「へい……」

千吉は観念したように項垂《うなだ》れて答えた。

金魚はその様子を確かめると、三郎助に顔を向けた。

「小野さまは、紙屑買いの千吉に、売っちゃならない紙を売っちまったんでございましょう?」

「密書かなにかか?」

無念が金魚を見る。

金魚は無念に煙を吹きかける。

「ばかだねぇ。一晩あったのに考えつかなかったかい」

「焦《じ》らさねぇで早く謎解きをしな」

長右衛門は不機嫌そうに言った。

「今回の強請りは、剽窃《ひょうせつ》への意趣返しさ」

「剽窃？」

無念と長右衛門は顔を見合わせる。

千吉は唇を噛んで俯く。

「千吉。お前が長井内蔵助さまのお屋敷から買い取った紙屑を仕分けしている時に、とんでもないお宝が交じっているのに気づいた。小野さまが書いた、戯作の草稿さ」

「草稿！　それじゃあ【小野萬了　冥途の道行】は——、千吉は小野さまの書いた戯作を自分が書いたことにして白坂屋に売り込んだかい」

無念が呆れた顔で言った。

千吉は声もなく俯き続ける。

その千吉を、三郎助が睨む。

「小野さまは千吉に、『人の褌で相撲をとっているくせに戯作者を名乗りおって』と怒鳴りなさったとのこと。あたしは初め、それは小野萬了の名前を勝手に使って戯作を書いたことだと思った。だけどそうじゃなくて、千吉が自分の草稿を剽窃したくせに戯作者を名乗っているのに腹を立てたんでございましょう？」

「まぁ、そういうことだ」

三郎助は溜息と共に言った。

「分からないことがいくつかございましてね」

金魚は灰を捨てて、新しい煙草を煙管に詰める。

「なぜ、小野さまがわざわざ小野篁了の孫などと名乗って千吉のところにねじ込んだか。剽窃したことに文句を言えばようございましょう？　それから、反古にして捨てた草稿にしては、本になった【小野篁了　冥途の道行】はいい出来だった。なんで捨てたんでござんしょう――」

ゆっくりと煙を吐き出した金魚の目がきらりと光った。

「あっ。そういうことか！」

「気がついたか」

三郎助は苦笑する。

「千吉。お前、小野さまの草稿、書き直したのかい？」

「へい……。話は面白いが、文が下手くそだったもんで……」

「下手くそとはずいぶんな言い方だ」三郎助はむっとした顔をする。

「まぁ――、わたしが作者だと知られれば、そう言われるだろうと思い、小野篁了の孫と偽って意趣返しをする手を考えたのだがな」

「あっしは、好きで戯作を書いておりやした――」千吉は諦めたように口を開く。

「幸い紙屑買いでござんすから、反古紙はたくさんござんす。その裏を使って書き散らしていたのでござんすが、なかなかいい筋を思いつきやせん。書いては放り出し、書いては放り出しを繰り返していたんでござんす。ところが、ある時に買った紙屑の中に、戯作の草稿らしいものが入ってた。読んでみると、文は酷いが、滅法面白い。この筋なら、あっしの方がずっと面白く書ける。そう思ったんでござんす。それで、書いてみてなかなかよく仕上がったんで、白坂屋さんに持ち込みやした」

千吉が口を閉じると、三郎助はそっちに一度恨みがましい視線を送った後、喋り始める。

「わたしが捨てた草稿と同じ題名の本が白坂屋から売り出された。すぐに買って読んでみると、確かにわたしが書いた筋だ。だが、わたしの文よりずっと上手い。その忸《じく》怩《じ》たる思い、お前たちに分かるか？」

三郎助は情けない顔を金魚たちに向けた。

「それなら白坂屋に剽窃だとねじ込めばよかったじゃねぇか」

長右衛門が言う。

「文は下手くそでも、まだ戯作者になる夢を捨てたわけではない」

三郎助は鼻に皺を寄せる。

「まぁ、文は書いているうちに上手くなるからねぇ」

金魚が言う。

「そうであろう！」三郎助は身を乗り出す。

「だから、地本屋相手に事を荒立てたくはなかった」

「あたしが乗り出してなきゃ、どうやって話を締めるつもりだったんです?」

金魚が訊く。

「さんざん困らせた後は、真相を話し、戯作者の廃業を迫るつもりであった」

「千吉。お前、小野の旦那に廃業しろと言われたら、どうした?」

「旦那の草稿を剽窃したんでござんすから……。辞めろって言われりゃあ辞めなきゃならねぇでしょう……、けど、辞めたくはござんせん……」

千吉は啜り泣き始める。

「戯作を書くってのは業《ごう》みたいなもんでね」金魚は溜息交じりに言う。

「辞めようったって、おいそれとは辞められないもんなんだよ。しばらく書かないと、こう、むらむらと炎のようなものが胸の中で燃え出してさ。苦しいったらありゃあしない」

「確かに……」

三郎助は少し困ったような顔で、ちらりと千吉を見た。

「そうだよなぁ」

無念は腕組みして肯く。

金魚はくすっと笑う。

「あれ、なにかと理由をつけて草稿書きから逃げ回ってるのは誰だい」

「書いてるうちは苦しいが、書かなくても苦しいってこったよ」

無念は渋面を作る。

「書いてて、自分の考えた筋に自信がなくなってくると、もっと苦しゅうござんす」

千吉がぽつりと言う。

「書いていて、自分の文の下手くそさ加減に気がつくのも辛い」

三郎助が言う。

「なんでぇ」長右衛門は舌打ちした。

「戯作者の愚痴大会になっちまったぜ」

「それじゃあ、こうしたらどうだい？」金魚は千吉と三郎助を交互に見た。

「二人一組で戯作を書くってのは。小野の旦那が筋を考えて千吉が書く。そうしているうちに、小野の旦那は文を学べるし、千吉は筋の作り方を学べる」

金魚の言葉に、千吉と三郎助は互いの顔を見た。

二人とも、考えてもみなかった提案であった。確かに二人の欠点を補ういい案であるとは思った。

しかし——。

他人の考えた筋で戯作を書く。

自分の考えた筋を他人に書かせる。

【小野萬了　冥途の道行】でやったこと、やられたことそのままではあったが、そのことでそれぞれの胸の内に沸き起こった感情を二人は思い起こしていた。

千吉は、後ろめたさや己の不甲斐なさを噛みしめながら草稿をしたためた。元の草稿を書いた者の下手くそさ加減を嘲ることでその思いを宥《なだ》めながら。

三郎助は、勝手に自分の草稿を使い、ちゃっかり本にしてしまった者に対して激怒した。しかし、その文章は自分より数段上手いことは認めざるを得ず、強い嫉妬を感じた。

だが、お互い納得ずくでそれをすればどうだろう？　と二人は考える。

草稿を書きながら、なぜ自分にはこういう筋が思いつかないのだろうと悔しい思いをするに違いないと千吉は思った。

出来上がった草稿を見て、なぜ自分にはこういう文章が書けないのだろうと悔しい思いをするだろうと三郎助は思った。

そして、三郎助にはもう一つ、町人を強請ったという事実が主家に知れれば、ただでは済まぬだろうという心配事もあった。

千吉と三郎助がしばらく黙り込んで見つめ合っているので、金魚はその心中《しんちゅう》を推当てる。二人の表情はくるくると変化したが、あまりにも分かりやすい顔つきであったので、胸の内を読みとるのは難しくはなかった。

「色々と思うところがあるのは分かるけどさ――。大好きな戯作を書けて、本になるんだってことと天秤にかけてみな」

千吉と三郎助ははっとしたように金魚を見て、もう一度互いに見つめ合う。

「でも……」千吉が気弱な表情になった。

「白坂屋の旦那がなんと言うか……」

「【小野萬了　冥途の道行】は、そのまま終わりまで書いて、写本料は折半。その後は、別の版元で、筆名を改めて書きゃあいいだろ」

「ちょっと待て」驚いたような顔で三郎助が言う。

「其の方らは、主家にことの次第を告げぬと言うのか？」

「長井さまに告げ口すれば、小野さまはよくって腹切り。下手をすりゃあ、お手討ちでございましょう。あたしにとっちゃあ、商売敵が減るからいいようなもんですがね。せっかくの面白い筋を考える方を失えば、戯作好きには大きな損でございますよ――。いかがでございます？　二人一組で戯作者をやってみちゃあ」

三郎助と千吉はもう一度顔を見合わせた。

さまざま不満もあるが、自分の書いた文章が本になる――。

自分の筋が本になる――。

「やってみやしょうか……、旦那」

千吉はおずおずと言った。

「うむ。試してみるのもよいな」

三郎助はゆっくりと肯いた。

「よし、決まった」長右衛門が嫌らしい笑みを浮かべる。

「第一作はうちから出してやるぜ。二人とも、嫌とは言えめぇ」

「汚い男だねぇ」金魚は眉をひそめた。

「弱みを握ってるからって、あまり酷い条件を出すんじゃないよ」

「まぁ出来にもよるが、一丁二匁だ。ただし、二人が一人前の戯作者になったらうちから本を出すことと、二人一組の戯作は続けるってことが条件だ。これでうちは三人の戯作者を囲える」

長右衛門は揉み手をした。


江戸のあちこちで桜が満開になった。

現代では桜といえばソメイヨシノが主流であるから同一地域の桜は同時期に咲く。しかしこの時代、様々な種類の桜が植えられていたから、開花時期が異なり、あちらが散ればこちらが満開になり、長い間花見を楽しむことができた。

薬楽堂の面々は、店を休みにして二里半（約一〇キロ）ほど北の飛鳥山の花見に出かけた。花見の名所は上野寛永寺までが一里半（約六キロ）と、ずいぶん近かったが、徳川将軍家の菩提所ということもあり、境内での飲酒や歌舞音曲は禁じられている。薬楽堂の選択の外であった。

小さな丘陵の桜は満開。その下に敷物を敷いて、大勢の花見客たちが酒を酌み交わしていた。あちこちから三味線の音、放歌《ほうか》高吟《こうぎん》の声が聞こえている。筵《むしろ》掛《か》けの屋台の酒や煮物、焼き物のいいにおいが、暖かい空気の中に漂っていた。

薬楽堂の面々は、あまり花のつきのよくない桜の木の下に場所を見つけ、清之助、竹吉、松吉が担いできた緋《ひ》毛氈《もうせん》を敷いた。

又蔵と、清之助の父で薬楽堂の元番頭の六兵衛《ろくべえ》が、花見弁当や重箱を真ん中に置くと、金魚と無念、長右衛門、短右衛門、貫兵衛がそれを囲んで座った。

金魚が花見弁当の中から小皿を出し、取り箸で重箱の料理を取り分けた。

金魚の今日の着物は青の鰹縞《かつおじま》。淡い橙の帯に、鮮やかな緑の羊革の煙草入れを差していた。叺《かます》の前金は珊瑚の躑躅《つつじ》が一輪。

無念が錫《すず》の徳利を花見弁当から取り出して、一同の杯に酒を注ぐ。竹吉と松吉は腰に提げていた竹の水筒から、手酌で茶を注いだ。

「あれ？」

無念は金魚の杯に徳利を傾けながら、少し先の桜の木の下に目を向けた。

金魚もつられてそちらを見た。

一畳ほどの毛氈の上に二人の男が座っていた。一人は洗い晒しの粗末な着物を着た男。もう一人は身形《みなり》のいい侍である。屋台から買ってきたらしい肴と大徳利を挟んで、二人とも真剣な顔で手に持った紙の束に目を落としている。

「千吉と小野さまじゃねぇか」無念が言った。

「男二人じゃ気の毒だ。こっちに呼んでこようか」

腰を浮かしかけた無念に、金魚は杯の酒を啜りながら横に手を振る。

「やめときな。ありゃあ、戯作の相談をしてるんだよ」

「違いねぇ」長右衛門が玉子焼きを摘《つま》みながら言う。

「花見をしながらの戯作相談。二人一組の戯作者、なかなか上手くいってるようじゃねぇか」

「今のうちだけかもしれないよ」金魚が無念に酌をしながら言った。

「戯作者にはそれぞれに好みの筋運びや文体があるからねぇ。二人の腕が上がっていきゃあ、ぶつかることも多くなるだろうさ」

「うん」無念は杯を干し、金魚に返杯する。

「おれと金魚じゃ合作はできねぇな」

「そうですか……」短右衛門は意外そうな顔をした。

「わたしは、無念さんと金魚さんの合作はどうだろうと考えていたのですが……」

「だめだめ」長右衛門が顔をしかめ、手酌で杯に酒を注ぐ。

「そういうことが読めねぇようじゃ、まだまだ店の全権は任せられねぇな」

「左様でございますか……」

しょげた短右衛門に、左右から竹吉と松吉が酌をする。

「まぁまぁ旦那さま。そう気を落とさずに」松吉が言う。

「大旦那はそう長くはないのでございますから、今しばらくの辛抱でございますよ」

「松吉！」

長右衛門は怒鳴った。

「しっ！」

金魚は形のいい唇の前に指を立てる。

「あたしらがここにいることが分かれば、せっかく熱を入れて相談している二人の邪魔になっちまうよ」

金魚に言われて長右衛門は肩をすくめた。

微風が吹いて、三片《みひら》、四片《よひら》、桜の花びらが千吉と三郎助の上に舞った。

酒に花びらが落ちたとみえて、二人はなにか言葉を交わし合いながら微笑み、湯飲みを掲げてそれを飲み干した。

戯作修業　加賀屋河童《かっぱ》騒動《そうどう》

一

通油町の薬楽堂へ向から鉢野《はちの》金魚《きんとと》は、婀娜《あだ》っぽいその姿から、道行く男たちに注目されるのだが、今日は少し違っていた。

男も女も、ずいぶん前方から金魚を見て〝羨望の眼差し〟を向けるのである。

今日の金魚は菖蒲の模様の単衣。煙草入れは前金具に鰹《かつお》をあしらった花柄の更紗。

そして――。

右手には、着物につかないように肘を曲げて重そうに持った、細い縄にぶら下げた本物の鰹。

江戸っ子たちは、初鰹に羨望の眼差しを向けていたのである。

初鰹とは、その年初めて水揚げされた鰹で、縁起物であった。

江戸に運ばれる初鰹は主に相模灘で獲れたものである。船足の速い押送舟《おしおくりぶね》で日本橋の魚河岸に運ばれた。高値で取り引きされるものだから、一刻も早く江戸に運びたいと、馬で鎌倉から運ばれるものもあり、これが一番速かった。魚河岸で先を争い初鰹を仕入れた初鰹売りの棒手振《ぼてふり》は江戸市中を駆け回る。

縁起物好きの江戸っ子は大枚をはたいてまで初鰹を求めた。その結果、驚くほど価格が高騰し、現代の金額に直せば、十万円、二十万円という高値で取引された。

初鰹は〝旬のはしり〟である。少し待てば大量の鰹が魚河岸に入り、値崩れを起こして安くなる。しかし、それを待っているのは粋ではない。初物食いは粋な行為であり、粋なことが好きな江戸っ子は、『女房を　質に入れても　初鰹』、無理をしてでも初鰹を手に入れたのである。

「姐さん、いい鰹だねぇ」

「幾らしたんだい？」

「ご相伴にあずかりてぇ」

などという声をかけられながら、金魚は鼻高々で歩く。

金のない者たちは初鰹を数人で一本買い、棒手振におろしてもらって分け合った。

しかし金魚は、朝、初鰹を告げる棒手振の魚屋の声に、外に飛び出して二本買った。浅草福井町の長屋に住んでから毎年のことである。一本は隣近所にお裾分け。一本は薬楽堂の面々に振る舞うためである。

金魚は見栄っ張りであった。

初鰹を食うのは粋だが、見せびらかして歩くのは無粋。そうは思ったが、注目を浴びることの好きな金魚はどうにも我慢できず、初鰹をぶら下げて薬楽堂に向かうのである。

金魚が薬楽堂の前まで来ると、いち早くその手の鰹に気づいた竹吉《たけきち》と松吉《まつきち》が、

「わーい！　初鰹だ！」

と叫んで外に飛び出してきた。

「まず最初に金魚さんおはようございますだろうが」

金魚が怖い顔をする。

「あっいけねぇ」

と、竹吉と松吉は頭をかいた。

「六兵衛《ろくべえ》を呼んでおろしてもらいな」

金魚は松吉に鰹を渡した。六兵衛は番頭の清之助《せいのすけ》の父である。元は薬楽堂の番頭で、今は隠居の身である。

「へい！」

松吉は台所へ走る。竹吉は六兵衛の長屋へ走りかけて立ち止まり、金魚を振り返った。

「あっ、そうだ。金魚さんにお客さんですよ。離れでお待ちです」

と言って、また走り出した。

金魚は版木に文字を彫るための版下も自分で書いたし、読本には挿《さ》し絵も入るから彫り師や絵師が打ち合わせに来ることもあった。

帳場には短右衛門《たんえもん》が座っていて、清之助は棚の本の並びを整えていた。

「金魚さん。ご相伴にあずかります」

と清之助はにっこりと笑ったが、短右衛門はなにやらぎこちない笑みを浮かべて、

「ご馳走さまでございます」と言った。

短右衛門の表情から、離れの客は彫り師や絵師ではないと思った金魚は、

「誰だい？」

と訊きながら離れの方角を指差す。

「おけいが来ております」

短右衛門は答えた。

けいは、短右衛門の娘である。今年八歳で、母のきさと共に、三河町四丁目に仕舞屋を借りて短右衛門とは別々に暮らしていた。

三河町四丁目は薬楽堂から半里（約二キロ）ほど離れている。小半刻（約三〇分）ほどの道程であるとはいえ、三河町の西側は大名屋敷が並ぶ武家地であり、町には大名飛脚や荷役を請け負う六組飛脚問屋があって、その人足たちが意気《いき》張《はり》を競い気が荒い。そんな町をけい一人で歩かせるわけはない。

けいはきさに連れられて来たのだ。

昨年、けいを〝かすがい〟として少しは仲が回復したとはいえ、短右衛門ときさは依然として別居中である。なるほど短右衛門の表情が硬いのも分かる。

ちょっとからかってやろうとも思ったが、気の毒なので「そうかい」とだけ言い、金魚は通り土間に入った。

金魚が中庭に入るとすぐに、その足音を聞きつけたのだろう、けいが離れの縁側に飛び出して来た。

「金魚ちゃん！　早く、早く」

激しく手を振って金魚を招くけいは、黒い小袖に深紅の帯。いつもながらの服装であったが、髪を肩につかないくらいの尼削ぎに切り揃えていた。

「おけいちゃん、どうしたんだい、その髪は」

金魚は驚いて訊いた。

「これか」けいは髪を一房摘む。

「毎朝、梳《くしけず》るのが面倒だから切った」

けいは『汚れを気にするのが面倒だ』と黒い着物を好んでいた。帯まで黒にしたかったようだが、母のきささに泣いて頼まれて、帯だけは赤にしたという話であった。

すこぶる頭のいい子だが、思考、心情が独特で、短右衛門もきささも持て余している。ついに髪の手入れまで面倒になったか——。

金魚は苦笑して縁側に歩み寄る。離れの中からきささが困ったような顔をして会釈した。

離れに上がり、きさと、対面して座っている長右衛門《ちょうえもん》に軽く頭を下げ、座った。

けいが素早く金魚の膝に腰を下ろす。会った時はいつもこうなので、きさはけいの不作法を咎《とが》めようとはしなかった。

「ねぇ、おけいちゃん」金魚は柔らかいけいの髪を撫でながら言った。

「髪を短くすると、切り揃えるのが手間だよ」

「確かに結っていれば切り揃える手間はないが、母さまに毎朝結い直してもらうのに小半刻《こはんとき》（約三〇分）はかかる。一月《ひとつき》で七刻半（約一五時間）。一方、髪は一寸（約三センチ）伸びるのに三月《みつき》。三月に一度、髪結いか母さまに髪を切ってもらうのに半刻（約一時間）。髪が長いままならば、三月で二十二刻半（約四五時間）も梳りに費やす。二十二刻も余計に手間暇をかけるのは無駄だとは思わないか？」

「違いない」

金魚は笑ったが、きさは泣きそうな顔をしている。一人娘がお洒落にまったく興味を持っていないのだから、宜《むべ》なるかなである。

「でも、そんなに時をもったいながってもさぁ」

「金魚ちゃんらしくもない」けいは膝の上で金魚を振り仰ぐ。

「『門松は　冥途の旅の一里塚　めでたくもあり　めでたくもなし』と一休禅師も仰せられている。人は、生まれてすぐに死へ向かって旅を始めるのだ。つまり、刻一刻と命は短くなっている。一年で八十八刻（約一七六時間）も無駄にするのは馬鹿らしいとは思わないか？　金魚ちゃんは、なんで毎朝髪を結う？」

「そりゃあ、いい男に振り向いてもらうためさ」金魚は即座に答えた。

「お洒落はあたしの楽しみの一つなんだよ。あたしにとっちゃ八十八刻は無駄じゃない。いい男にちやほやされるってのは、いいもんだよ」

「そうなのか？」

けいは驚いた顔をする。

「金魚。子供にそんなこと教えるんじゃねぇ」

長右衛門は眉をひそめ、きさも思わず肯いた。

「いろんな価値観があるんだってことは、子供の頃から知ってた方がいいんだよ。特におけいちゃんみたいに頭のいい子はね——。それで、おけいちゃんは一年に儲けた八十八刻をなにに使うんだい？」

「それなんだ」

けいは、さっと金魚の膝を下り、向かい合って正座した。

「戯作を教えて欲しい」

と言って平伏する。

「戯作を教えて欲しい？」

金魚と長右衛門は驚いて鸚鵡《おうむ》返《がえ》しに言った。

「ここ十日ほど、部屋に籠もって戯作を書いているのでございます」きさが言った。

「なかなか思ったように書けないと癇癪《かんしゃく》を起こしますので、それならば本職の方に教えを請えばいいのではと話したところ、金魚さんにならば弟子入りしたいと――」

「そうかい」

金魚は笑いを噛み殺しながら肯く。

けいは絶対に『弟子入りしたい』などとは言わない。『弟子入りしてやってもいい』と言ったに決まっている。『戯作《ひと》を教えて欲しい』という台詞も、正座をして頭を下げることも、おそらくきさが他人にものを頼む時にはそうするものだと教えたのだろう。

「なんでもできるおけいちゃんが、他人に教えを請うってのはよっぽどのことだ。それで、どんな話を書いているんだい？」

「怪異譚だ」

けいは頭を上げて言った。

「怪異譚――。これはまた、意外だねぇ。おけいちゃんは物の怪や幽霊を信じているのかい？」

「信じるはずはなかろう」けいは呆れた顔で言う。

「わたしは物の怪や幽霊を見たことがない。自分が見たことのないものは信じない」

「あたしも見たことはないが、信じない理由はそこじゃない。神も仏もない世の中なんだから、物の怪や幽霊もいるはずはないって思っているのさ」

金魚は、薬楽堂の面々には内緒にしていることであったが、かつて女郎であった。

苦界《くがい》での経験が、金魚に『この世には神も仏もない』と確信させたのであった。

無念《むねん》はある事件をきっかけに金魚が女郎であったことを知ったが、金魚が口止めをしている。

けいは金魚の口調からその前身を推当《おしあ》てたが、金魚との間の約束で他言しないことにしていた。

しかし人の心を慮《おもんぱか》ることが苦手なけいは、『神も仏もない』という言葉を、金魚の苦界での経験に結びつけることができなかった。

「それじゃあ言い換えよう。あたしが書いている怪異譚は、金魚ちゃんが書いている戯作と同じだ。愚かな者たちが不思議な出来事を怪異だと思い込む。それを快刀乱麻を断つがごとくに解き明かしてみせるという筋だ」

その言葉で、金魚はけいが戯作のどのあたりでつまずいているのか見当がついたが、

「で、どこが思ったようにいかない？」

と訊いた。

「まずは人だ。怪異を体験する者が、どうにも愚かでいけない。書いていて、なんでこんなことも分からないのかと、自分が作った人物ながら腹が立ってくる。しかし、賢くすれば体験したところで謎が解けて話が成り立たない。謎解き役以外をどのくらいばかに描けばいいのか、その匙加減《さじかげん》が分からない」

「それから？」

「やはり人だな……。誰と誰がどういう仲で、いつどんなきっかけで知り合ってとい う、人と人との関係が上手く書けない。金魚ちゃんの戯作を読んでいると、それがさりげなく入っていて、人と人との関係性が分かるようになっているが、どこにどのくらいの分量入れればいいかが分からない。一箇所に全部入れると冗長になる。それをどうばらして配置すればいいのかが分からない。それと同じなのは蘊蓄《うんちく》だ。蘊蓄の入れ方も教えて欲しい。わたしが書くと、蘊蓄が何枚にもなって、話が横に逸れてしまう」

「まだあるかい？」

「怪異の描き方だ。わたしが書いたものは、怖いとは思えない」

「そいつは致命的だね」

「だろ？」

けいは言って、きさの横から薄い風呂敷包みを取ってきて金魚に渡した。

包みを開くと、十枚ほどの紙を二つ折りにして紙縒《こより》で綴じた草稿だった。厚紙の表紙に八歳の子供にしては達筆な文字で【河童《かっぱ》騒動《そうどう》】と書かれている。

「拝読するよ」

金魚はあっという間に読み終え、けいに訊いた。

「これでしまいかい？　あっけなさ過ぎるね。なにか結びを書かないと。それに、出来事だけ書かれていて、謎解きがない」

「迷ってるからまだ書いてない。それもあわせて相談したい」

「そうかい――。さっき聞いた自分の戯作に対する分析は的確だね。まさにおけいちゃんが言ったとこがこの戯作の欠点だ」

金魚は草稿を包み直す。

「やっぱりか」

腕組みをして眉をひそめ、唇を噛んだ。

「怪異譚ならば、もう一人、優秀な書き手がいるよ」

金魚が言うと、けいはぱっと顔を上げて、

「真葛《まくず》婆ぁか」

と言った。

「会ってもいねぇ人を婆ぁ呼ばわりはよくねぇな」

長右衛門はしかめっ面をした。

きさが何度も肯く。

「この頃、金魚ちゃんも無念もそう呼ぶから、わたしもそう呼んでいる。なにが悪い」

けいは挑むような目つきで祖父と母を見た。

「まぁ、会ってすぐは真葛さまと呼んでおいた方がいいね。今から行こうか？」

金魚はけいを見る。

けいは目を輝かせて「うん」と言った。

「鰹はどうするんでぇ」

長右衛門が言った。

「あれ。知ってたのかい」

「竹吉と松吉の大声がここまで聞こえた。無念なんか座敷から飛び出したいのを我慢してるだろうぜ」

「無念は座敷に閉じ込めかい」

「ああ。あと数枚で終わりだってのに、結末がつけられねぇでいるからよ」

「あたしの分はおきささんに」

立ち上がってけいに手招きする。

「おきささん。夕刻までには戻りますんで、ゆっくりしていってくださいな」

金魚は、側に寄ったけいと手を繋いで離れを出た。

二

真葛が身を寄せているのは築地南飯田町の御家人島本市兵衛《しまもといちべえ》宅である。妻の佐江《さえ》が真葛の友人であった。

薬楽堂から南飯田町までは半里（約二キロ）たらず。金魚とけいは手を繋いでのんびりと歩いた。

通油町を西に進み、大伝馬町一丁目と本町四丁目の辻を南に折れて道浄橋を渡り、伊勢町堀沿いを歩く。

「ねぇ、おけいちゃん。【河童騒動】の筋は、最初からおけいちゃんが考えたのかい？」

金魚の問いにけいは首を振る。

「正月に知り合いになったおさとちゃんから聞いた」

さとはけいの草稿に出てくる主人公の名であった。

「なんだい。本名を書いたのかい」

「まずかったか？」けいは驚いたように金魚を見上げた。

「実際の人物を本名で書いた本はたくさん出ているぞ」

「確かにそうだけどさ。読本になれば、大勢の人たちの目に触れるだろ。本名を書けばそのせいで迷惑を被る人も出てくる。誰かを手本に書いたとしても、それが分からないようにするのが礼儀さ」

「源《みなもとの》　頼朝《よりとも》や九《く》郎判官《ろうほうがん》義経《よしつね》もか？」

「大昔の人は別さ」

「だけど、子孫が生きている」

「英雄豪傑ならばいい役だから子孫も腹をたてない」

「ならば、梶原景時《かじわらのかげとき》は？ 義経を虐める悪役に描かれるぞ」

「うーん。それは難しいところだね。でも、無念なんかは、勧善懲悪にしないで悪人にも悪人なりの考えがあるって書き方をしてる。大旦那は、『だから売れねぇんだ』って怒ってるけどね」

「ふーん。確かに難しいところだな」

けいは、しかつめらしい顔で肯く。

「ところで、おさとちゃんの身の上も戯作どおりかい？」

「うん。神田相生町の小間物問屋加賀屋の子。お年始にお父っつぁんと一緒に来た。一緒に遊んでやったら、わたしを気に入ったようで、月に三度、四度、店の小女をお供にして遊びに来る」

「おけいちゃんは気に入らなかったのかい？」

金魚はくすっと笑う。

「まぁまぁ。時々遊んでやるのは構わない」

「河童の足跡を見つけたのはそのおさとちゃんなんだね」

「そう。筋は聞いた話そのままだよ――」


先月のこと。

家の中庭に面した座敷で寝ていたさとは、なにかの物音を聞いた気がして目を開けた。部屋の中は暗かったが、隣で寝ている母のとよの姿はぼんやりと見えた。

すると、また物音がした。障子のすぐ向こうである。

誰かが足音を忍ばせて縁側を歩いているような音だった。

障子の方に顔を向けると、四角く明るい部分がある。どうやら雨戸が一枚開けられているらしい。そこから月光が差し込んでいるのだ。

まだ寝ぼけていたさとは、恐れも感じずにそっと障子を開けて顔を出した。

廊下に黒いものがうずくまっていた。

それがもぞもぞと動いているのである。

さとは驚いてはっきりと目が覚めた。

「きゃっ！」

悲鳴を上げて部屋に逃げ込み、布団の上から母にしがみついた。

突然さとが飛び乗って来たものだから、とよも叫び声を上げて布団ごとさとを押し飛ばした。

二人の叫びを聞いて、父親の利助《りすけ》、住み込みの手代や番頭が手燭を持って駆けつけた。中には木刀や心張り棒を持つ者もいた。

「どうした？」

利助が座敷に飛び込むと、とよは自分が突き飛ばしてしまったさとを抱き締め、

「ごめんよ、ごめんよ」と謝った。

「縁側に真っ黒い奴がいた……」

　母に抱かれながら、さとは震える声で答えた。

　手代たちがどたどたと足音を響かせながら縁側から続く廊下を走り、真っ黒い奴を探した。裏手の奥まった座敷から、住み込みの小僧たちがおっかなびっくり顔を出した。

　番頭二人は庭に出て池の周りや、赤松と楓、桜や梅が植えられた築山を探る。

「家の中には不審な者はおりません」

　戻ってきた手代が報告する。

「庭の方にも――」

　番頭が縁側に歩み寄った時、手燭の明かりに照らされた縁側の床板に、その光をぬめりと反射するものが見えた。

　二人の番頭は沓脱石《くつぬぎいし》の上にしゃがみ込み、それを近くから照らした。

　濡れた泥の足跡だった。

　人のものではないことは一目瞭然だった。大きさは掌ほど。はっきりとした形ではなかったが、細い指を目一杯開いた水掻きのある足跡に見えた。

　その足跡を見た者たちは、一様に同一の妖怪を想像し、全身に鳥肌が立つのを感じた。

番頭二人は庭の方角に足跡を辿る。

手代は縁側を調べた。

縁側の足跡は、奥の廊下へ向かう途中で途切れていた。

一方、庭の足跡は池の畔まで続いている。そして、足跡が消えた辺りの池の水は濁っていた。

番頭はその様子を利助に報告し、

「これは……、どういうことでございましょう……」

と、掠《かす》れた声で言った。

「ともかく、詳しい調べは明るくなってからだ」

利助は女中を呼んで布団を一組、とよとさとの部屋に運ばせて、今夜は一緒に眠ることにした。

番頭は手代たちに不寝番《ふしんばん》の順番を告げ、自分たちも交代で中庭を見張ることにした。

家に忍び込んだ奴は池の中に潜んでいる。その足跡から、河童であることは明白——。そう判断してのことだった。

明るくなるとすぐに、中庭を隅々まで探索させたが、河童は見つからなかった。

利助は庭師を呼んで池の水を抜かせた。盥《たらい》に五つ分の鯉が掬い上げられたが河童の姿はなかった。

店の商いはしながら、小僧や手代にも手伝わせて、三日がかりで池の泥まで浚《さら》わせたが、河童を発見することはできなかった。

その間、不寝番をつけたこともあって、夜に河童が現れることもなかった。

「河童は、騒ぎになったから逃げてしまったのでございましょう」

と一人の手代は言い、別の一人は、

「通りすがりの河童であったやもしれません」

と言う。

「通りすがりの河童などいるものか」

と、番頭や手代たちは、河童がどこから現れどこに消えたのかと侃々諤々《かんかんがくがく》議論をしたが、さとは、その河童がどこから来たのか、なんとなく見当がついていた。

今年の正月に、出入りの本屋が年始の挨拶がてら手に入れた稀覯本《きこうぼん》を持って現れた。

利助はその本をたいそう気に入り、どうしてもと本屋を口説いて購入した。

さとは中庭で遊んでいる時に離れで交わされている父と本屋のやりとりを聞いていて、そんなに珍しい本ならば見てみたいと思った。

そして数日後、父が店に出ている隙に父の部屋に忍び込んだ。時々、父の部屋に入り、棚から本を取り、字はまだ読めなかったから挿し絵を眺めたりしていたので、前からあった本はなんとなく分かった。

だからすぐに正月に本屋から買った本は見つかった。

表紙を捲《めく》った途端、さとは心臓を鷲摑《わしづか》みにされたかのような衝撃を感じた。

手彩色の、おどろおどろしい河童の絵が目に飛び込んできたのだった。

さとは悲鳴を上げて昏倒した。

声を聞きつけた女中と母のとよが利助の部屋で倒れているさとを見つけた。

すぐに我に返ったさとは、泣きながら本の挿し絵が怖かったのだと伝えた。

とよは、店から駆けつけた利助に、「なんでこんな本を買ったのですか！」と怒鳴り、二人は口論となった。

利助が折れて、その本は蔵にしまわれた。

あの河童が、蔵に閉じ込められたことを恨みに思って出てきたのだとさとは思った。

池に水が満たされたその夜。もう河童は出ないだろうということで不寝番を立てるのをやめたからだろうか、再び足跡が縁側に現れた。今度は池からとよとさとの寝間まで続き、縁側をうろうろと歩き回り、池に帰った足跡であった。

加賀屋はまた不寝番を立てることにした——。

けいの戯作はそこまでで終わっていた。

「話に本が出てきたろう。あの本の題名が必要だね。ちゃんと書いた方が真実味が出る」

金魚とけいは大勢の人々が往来する江戸橋を渡る。眼下の日本橋川には多くの荷舟が往き来していた。右手に見えるのが日本橋である。さらに向こうには一石橋。

「おさとちゃんは題名まで覚えていなかった」

江戸橋を渡りきり、二人は楓川《もみじ》沿いの道を真っ直ぐ白魚橋に向かって進んだ。

「それなら手は二つ。加賀屋さんに題名を訊くか、まったく別の本をでっちあげるか。でっち上げるんなら、いつ頃、誰によって書かれた本なのかまで書けば、読み手は本当にそういう本があると思い込む。ほかに本当にある本も入れておけば、ますます真実味が出るんだよ」

白魚橋を渡り、すぐに左に曲がって真福寺橋を越えて南八丁堀の町を歩いた。

「ふーん。そうやって読み手を騙すのか」

「そうだよ。戯作者は仕掛者《しかけもの》（詐欺師）なのさ」

二人は稲荷橋を左手に見ながら右に曲がって本湊町に出た。大川端の町である。道は緩やかな弧を描き船松町、十軒町、明石町と続き、明石橋で南飯田町に繋がっていた。金魚は菓子屋を見つけて手土産の大福餅を買った。

「おけいちゃんは、加賀屋の河童騒動、どう推当てたんだい？」

「まだ材料が足りない。ちゃんとした推当は立っていない。だけど、本物の河童ではないと思う」

「そりゃあ当たり前さ。河童なんかいやしない」

「金魚ちゃん。それは浅薄な考えだ」けいは眉をひそめて金魚を見上げる。

「見たこともない物を、いやしないなんて断言するのは間違いだ。いないという証《あかし》がないかぎり、いるともいないとも言えない。絵草紙などの挿し絵を見れば、河童は亀とか蛙の類い。魚とは違って、陸でも生きられる。おそらく庭の池に潜んでいるんだろうけど、近くには川だってある。加賀屋は、神田川まで一町半（約一六四メートル）余り。大川までは六町（約六五四メートル）ほど。河童がどちらかの川に棲んでいるとすれば、夜陰《やいん》に乗じて加賀屋を訪れるのに無理のない道程だ」

八歳の子供に『浅薄だ』と言われて金魚は苦笑する。

「だけど、おけいちゃんは加賀屋で騒ぎを起こしたのは河童じゃないと思ったんだろう？　それはなぜだい？」

「足跡だ。二度目に現れた足跡は池と寝間を往復していたが、最初に現れた足跡は家の奥に進み、途中で途切れていた。つまり、河童は池に戻らずに忽然と消えたんだ」

「それぞれに、なにか理由があるって考えたんだね？」

「うん。最初と二度目でなにが違うかというと、一度目はおさとちゃんに姿を見られ、二度目には誰にも見られなかったということ。最初の出来事から、河童は自在に姿を現したり消えたりできると考えられる。だが、一度目も二度目も、わざわざ池から現れている。自在にどこにでも姿を現す力があるのならば、そしておさとちゃんを脅かそうとしているのならば、直接寝間に姿を現せばいい」

「なるほど。それで？」

「わたしばかりに言わせるな。金魚ちゃんももう分かっているんだろう？　金魚ちゃんの推当を聞きたい」

けいは不満そうな顔をする。

「最初の時は、おさとちゃんに姿を見られたから逃げざるを得なかった。逃げたのに足跡がつかなかったのは、河童の足に泥がついていなかったから。つまり、河童は足形に泥を塗って跡をつけていたのさ。本物の河童ならば、わざわざそんなことをする必要はない。ということは、加賀屋に現れた河童は、河童の足を持っていない。偽河童だってことさ」

「わたしの推当と同じだ」

けいは深く肯く。

「あとは、誰がなんのためにそれをやったかだね」

「それを推当てるためには、もっと材料が必要なんだ」

けいは金魚と繋いだ手を解き、腕組みをした。

「加賀屋に行って調べりゃあいいじゃないか」

「そう事も無げに言うな。わたしのような子供が偉そうに聞き込みをしたところで相手にされるはずはない」

けいは頬を膨らませた。

「そこは分かってるんだね」

と、金魚は笑う。

「日頃、大人たちがわたしに対してとる態度を見ていれば推当てられる」

「それじゃあ、あたしが手伝ってやろうか」

金魚が言うと、けいはぱっと前に回り込み、その両手を握って輝く目で見上げる。

「本当か？」

「本当だとも。大人たちがおけいちゃんをちゃんと扱ってくれるまで、あたしがお手伝いするよ」

「金魚ちゃんに手伝ってもらえるなら百人力だ！」

けいは嬉しそうに握った両手を振り回す。

「聞き込みに行く前に、真葛婆ぁに会わなくちゃね。もうすぐそこだよ」

金魚はけいを促して歩き出す。

「うん」

けいは金魚と右手を繋ぎ、弾むような足取りで歩いた。

二人は南飯田町の町屋の小路を通り、西側の御家人の家が集まる界隈に足を踏み入れた。

三

真葛が身を寄せている御家人島本市兵衛は譜代の御家人で知行二百石、支配勘定という役職に就いていたから役高百俵であった。

御家人の多くが知行地を持たず、三十俵から八十俵の蔵米取《くらまいとり》であったから、市兵衛の家は御家人の中でも裕福な方であった。

家の敷地は三百坪ほど。百石以上の御家人に許される両扉の門構えで、母屋こそ三十坪そこそこであったが、菜園のある庭に十坪ほどの離れがあり、通りに面した側に貸家も建てていた。

金魚とけいは門をくぐって石畳を進み、玄関の式台の前に立った。

「ごめんくださいよ」

金魚が中に声をかけると、二十代後半と見える武家の女が出てきた。

さて、何者だろうかと金魚は考えた。

市兵衛の家は、真葛からおおよその場所を聞いてはいたが、訪ねるのは初めてである。島本家の家族構成も聞いていなかった。

眉を剃ってお歯黒を塗っているから誰かの妻には違いないが、市兵衛の妻ではないと金魚は思った。

市兵衛の妻、佐江は真葛の友だちということであったから、『婆ぁに決まっている』と決めつけていたのである。

「あら。鉢野金魚さんでございますね」

女はにっこりと笑って正座し、丁寧に頭を下げた。

「よく分かりましたね」

金魚は少し驚く。

「真葛さんからよく話をうかがっておりますもの。きっとそちらのお嬢さんはおけいさん。真葛さんが会いたがっていましたよ――。わたくしは島本市兵衛の妻、佐江でございます」

女――、佐江はもう一度頭を下げた。

「あなたが佐江さまでございましたか……」

金魚は口ごもる。

「島本佐江はお婆ちゃんであろうと思って御座《おわ》しましたね?」

佐江は悪戯っぽく笑う。

「いや、その……」

金魚はどぎまぎとした。それを面白そうにけいが見上げる。

「真葛さんに、『金魚が訪ねて来たらからかってやれ。あいつは島本佐江をわたしと同じくらいの婆ぁだと思っていやがるから』と言われておりました」

「からかわれずにようございました」

金魚が後ろ首を掻くと、けいが口を尖らせて言う。

「御新造《ごしんぞう》さま。無駄話はよいから、早く真葛婆ぁのところへ案内してくれ」

御新造さまとは、御家人の妻のことである。

「あらあら――」と、佐江は笑う。

「お目にかかりたいと思っていたお二方に会えたものですから、つい嬉しくてお喋りをしてしまいました。こちらへぞうぞ」

佐江は式台を下りて、家の裏手へ向かう木戸をくぐった。

金魚とけいはその後に続く。

胡瓜《きゅうり》や真桑瓜《まくわうり》、紫蘇《しそ》などの夏野菜の畑の向こうに切り妻屋根の離れが建っていた。

菜園に面した障子が開けられ、文机に向かう真葛の姿が見えた。遠目には青みがかった灰色に見える小紋をまとい、形のいい鼻梁に、バネで留める鼈甲《べっこう》の眼鏡をかけている。綺麗に梳った白髪に眼鏡と同じ鼈甲の簪《かんざし》と櫛を差している。筆を持って、なにやら熱心に書き物をしていた。

けいはぱっと顔を輝かせ、離れに走っていく。

縁側にたどり着いた時、真葛はその気配に気づき外に顔を向けた。目の焦点を合わせようとしているのか、目を細めたり大きく見開いたりする。

「あんたが真葛の婆ぁか？」

縁側に両手を突き、身を乗り出して真葛を見ながら、はしゃいだ声でけいは訊いた。

真葛は一瞬驚いた顔をしたが、大きな声で笑い出し、菜園の中を歩いてくる金魚に言った。

「おそらく金魚もこんな子供だったんだろうねぇ」

金魚は縁側に腰を下ろしながら、けいの頭を撫でる。

「こんなに酷くはなかったよ」

その言葉に、けいは金魚に顔を向けた。

「わたしは酷いか？」

「酷い、酷い。天下一だ」

と金魚は笑った。

側に立っていた佐江も口元に手を当ててくすりと笑う。

「そうか。何事も天下一というのはいいことだ」

けいはにっこりと笑って何度も肯く。

「佐江さん」真葛が言う。

「申し訳ないが、茶など用意してもらえまいか。朝から書き物に熱中して、水も汲んでおらなんだ」

「少々お待ちくださいませ」

会釈して母屋の方へ向かう佐江を金魚が呼び止めた。

「真葛婆ぁに手土産を買ってきたのをすっかり忘れてた。数があるから、婆ぁ一人で食べちゃ体に毒。婆ぁが厄介になっているこの家への手土産ってことで、雇い人たちにも分けておくんなさいな」

「ありがとうございます。頂戴いたします」

佐江は大福餅の包みを受け取って歩み去った。

「まぁ中に入れ」

真葛は金魚とけいに手招きすると、文机を片づける。

金魚とけいは座敷に上がり、真葛に向き合う。けいはすぐに金魚の膝に座った。

「よく懐いておるな」

真葛は目を細めてけいを見た。

「懐いているのは金魚ちゃんの方だ」

けいは口を尖らせる。

「ほぉ、そうなのか」

「そうだ。金魚ちゃんは、わたしと真葛婆ぁ以外に、本当に話の通じる相手がいない。ほかの連中には話の程度を下げて、合わせている」

「なるほど。それならば、わたしも懐かせてもらうことにしようか」

真葛はにこにこと笑う。

「少し話をしてからだ。わたしがよしと思えば、懐かせてやってもいい――。真葛婆ぁは、女の生きるべき道を説いた本を書いたと聞いた」

「ああ。【独考《ひとりかんがえ》】のことか」真葛は苦笑する。

「若気の至りだ」

その答えにけいは爆笑する。

「あんたが【独考】を書いたのは婆ぁになってからだろう」

「去年のお前は今のお前と同じか？」

真葛が訊く。

「同じはずはなかろう」

「婆ぁも童《わらべ》と同じだ。一つ歳をとるごとに賢くなる」

「爺婆《じじばば》は一つ歳をとるごとに惚《ぼ》けるものだ」

けいは首を振る。

「惚けぬ爺婆もいる。だがな、惚けた爺婆も賢いのだぞ」

真葛は身を乗り出した。

「どう賢い？」

「迫り来る死に怯えぬ。人の体は賢いものでな。自分がもうじき死ぬのだという恐怖を感じさせぬために惚けるのだ」

「そうか――。童とか爺婆と分けるのではなく、人の体というくくりで考えれば、たしかに賢いな」

けいは何度も肯いて真葛を見た。

「金魚は会ったその時に、わたしが考えもしなかったことを言った。あんたも同じだ。うん。懐いてもいいぞ」

けいの言葉に真葛は笑った。

「それはありがたい。懐かせてもらうぞ」

「さて――」金魚は微笑みながら言う。

「無事に初対面が終わったところで、用件に入ろうかい」

「なんだ。おけいちゃんに引き合わせるのが用件じゃなかったのかい」

真葛は意外そうな顔をした。

「それもある」けいは金魚の膝から下りて、真葛の前に正座した。

「けれど、本題は真葛婆ぁ――。いや、あんたはわたしをおけいちゃんと呼んでくれたから、わたしは真葛ちゃんと呼ぼう。本題は、真葛ちゃんに、戯作の手ほどきをしてもらうことだ」

「戯作の手ほどき？」真葛は眉をひそめる。

「わたしは戯作は書かないよ」

「【奥州波奈志《おうしゅうばなし》】の中には怪異譚もあるだろう」

「読んだのかい？」

「金魚ちゃんに頼んで祖父《じじ》さまから借りた」

「確かに怪異譚はあるが、それは戯作じゃない」

「ならば言い方を換えよう。怪異譚の書き方を指南して欲しい。今、わたしの友だちが体験した話を戯作に起こしている」

「ほぉ――」

真葛は身を乗り出した。

けいは、加賀屋での出来事を語った。

「――なるほど」

話を聞き終えた真葛は腕組みしながら肯いた。

その時、茶と大福餅を載せた盆を持って佐江が現れ、会話が途切れる。

「おもたせで恐縮でございますが」

佐江は茶碗と銘々皿をそれぞれの前に置き、母屋に帰って行った。

「おけいちゃんは河童についてどんなことを知っている?」

真葛は、口の周りを粉だらけにして手摑みで大福を頰張るけいに訊いた。

「河童は、日本《ひのもと》のあらゆる川に棲むという。古くは【日本書紀】にそれらしい記述がある。【和漢三才図会】の〈寓類《ぐうるい》〉の綱目にも河童は載っている。姿は各地色々だ。一番多いのは童子《どうじ》のような背丈で、頭に皿があり、肌は青――」

この時代、色の名前に緑はない。現在、緑と呼ぶ色は〈青〉と言った。けいが言う河童の肌の色の青は、緑のことである。

「――赤色をしているという土地もある。手足に水掻きがついている。江戸で河童出没の噂があるのは、大川、錦糸堀、仙台堀、源兵衛堀、北十間川など。片腕を引っ張ると長く伸び、もう一方が短くなることから、術を使って普請を手伝わせた藁人形がその起源ではないかという説がある。また、間引きされた赤子の霊だという説もある」

「ふむ。よく知っておるな。戯作のために調べたか？」

「今まで読んだ本の中にあった」

「ほぉ。本を読むのは好きか？」

「好きだ。すでに五百冊は読んでいる」

「うむ。たいしたものだ」

「河童の話の続きをしよう。河童は尻子玉《しりこだま》を抜く。胡瓜が好物で、金気のものを嫌う。猿も嫌うので、河童除けには刃物や猿の絵や面がよい。呼び名は河童のほかに、ガラッパ、カワタロウ、メドチ――」

「待った、待った」と真葛がとめる。

「お前の頭の中には、さらに多くの河童の知識があろうが、それを全て戯作に書けば冗長すぎる。物語に必要なものと不必要なものに分けて、必要なものだけ書くようにせよ。また、一箇所にまとめて書くのではなく、小分けにして、要所にちりばめるのだ」

「うん。金魚ちゃんにも同じことを言われた」

「蘊蓄を書くのはよいが、書きすぎると賢いことをひけらかしているような嫌らしさが出る」

「賢いのだから仕方がない」

けいは不満そうに頬を膨らませる。

「本は賢い者ばかりが読むのではない。読む者に妬む心を起こさせない工夫も必要だ」

「それから本音もだね」金魚はにやっと笑った。

「本音を書きすぎて、偉い先生を怒らせた奴もいる」

金魚は【独考】を曲亭馬琴《きょくていばきん》に読ませ、結局絶縁されてしまった真葛のことを皮肉ったのである。

「まぁ、そういうことだな」

真葛は素直に言った。

「あれ、怒らないのかい？」

「婆ぁでも年ごとに賢くなると言うたろう」

「それじゃあ、去年より賢くなっている婆ぁは、加賀屋の河童騒動、どう推当てた？」

金魚は訊いた。

「残念だが、河童ではないな」

真葛は答えた。

「やはりか」

けいは肯く。

「誰がなんのために足跡をつけたかを確かめるには、加賀屋に行ってみなければならぬであろうな」

「今から行ってみよう」

けいが言う。

「今日は駄目だよ」

金魚が首を振った。

「なんで？」

けいは怒ったように金魚を見る。

「加賀屋は神田相生町。神田川の向こう側で、ここから行けば一里（約四キロ）。行って話を聞いて薬楽堂に戻れば、足すことの半里。なんだかんだで一刻半（約三時間）はかかる。薬楽堂で待っているおっ母さんが心配する」

「うむ」真葛が肯く。

「よいか、おけいちゃん。一人歩きを許されるまでは、少々我慢をせねばならぬ。常に、どういうことをすれば、お父っつぁん、おっ母さんに怒られるか推当てるのだ。そして怒られるようなことは避ける。怒られればしたいことも禁じられてしまうぞ」

「分かった」

けいは不承不承言った。

「よし。それでは、加賀屋へは明日行ってみよう」真葛は金魚とけいを見る。

「明日の朝、五ツ（午前八時頃）、薬楽堂で落ち合おう」

四

翌朝の五ツ、金魚が薬楽堂の離れを訪れてすぐ、真葛が中庭に姿を現した。

離れには、やっと脱稿にこぎつけた無念もいて、長右衛門と共に素人戯作試合の草稿を読んでいた。

「真葛さん。あんたも手伝わねぇか？」

長右衛門は行李《こうり》の中の草稿を指差した。

「いくら出す？」

真葛は縁側に腰を下ろして訊いた。

「一作につき百文でどうだい？」

百文は現代の価値で千二百円ほどであろうか。

「あっ。真葛婆ぁにだけそんなに出すのかい」

無念は草稿から顔を上げて長右衛門を睨む。

「お前ぇは部屋代、飯代もろくに入れてねぇんだ。ただ働きでも文句は言えめぇ」

「くそ……」

「近頃、目が疲れてならん。やめておこう」

真葛は言って、象牙の羅宇《らお》の煙管を出す。雁首と吸い口は銀製。元は金魚の持ち物だった煙管であった。

金魚は小さく微笑し、自分も煙管を出す。銀延べで、曼珠沙華《まんじゅしゃげ》が彫られ、雄しべにだけ金の象眼《ぞうがん》がなされたものであった。元は真葛の持ち物である。かつてある事件をきっかけに、交換した煙管であった。

金魚は煙草盆の炭火で刻みを吸いつけ、ふうっと煙を吐く。

「そう言やぁ大旦那。舟野《ふなの》親玉《おやだま》の本、夏には出したいって言ってたろう？」

「素人戯作試合の応募作か？　試合から外して本を出そうと？」

真葛も煙を吐きながら訊く。

「ああ。なかなかよくできた怪異譚でな」

「もう摺ったのかい？」

金魚が訊く。

「いや。ほかの応募作にいい物がねぇんだよ。帯に短し襷《たすき》に長しってやつさ。舟野親玉を外しちまうと、どうもぱっとしねぇ一等になりそうなんだ」

「締め切りは七月だっけ？」

「もう間もなくだ。いい奴が集まりゃあいいんだがな――。そうだ、下読《したよ》みが嫌だったら、真葛さん、戯作を一作書いてみねぇか？　あんたの文ならば一等になるかもしれねぇぜ」

長右衛門がそう言った時、母のきさに連れられたけいが中庭に入って来た。

「真葛ちゃんは、戯作は書かないよ」

無念と長右衛門は〝真葛ちゃん〟という呼び名にぷっと吹き出した。

真葛はさっと座敷に上がり、目にも止まらぬ速さで扇子を取り出すと、二人の膝をぱしりと叩いた。

「痛っ！」

二人は顔をしかめて膝をさすった。

「さぁ、おけいちゃん、加賀屋に出かけようか」

真葛は草履を履いてけいの前に立つ。

金魚は口だけ動かし無念と長右衛門に『ばか』と言い、外に出た。

薬楽堂から神田相生町までは半里（約二キロ）。けいを真ん中にして手を繋いだ、金魚と真葛ら三人は昌平橋を渡って神田川を越え、右に曲がる。神田佐久間町に入って町屋の並ぶ界隈を何度か曲がり、加賀屋の前に立った。

けいは金魚と真葛の手を引っ張って、暖簾をくぐる。綺麗な簪や櫛などが並べられていたが、けいはそんなものには目もくれず、帳場に座っている番頭を真っ直ぐ見て、

「おさとちゃんに会いに来た。取り次げ」

と言った。

番頭はそんなけいの態度に馴れているようでにっこりと笑うと「中庭の方へお回りくださいませ」と答える。すぐに、手代が先に立って通り土間に導いた。

「お二人さまはお初にお目にかかりますが――」

手代は通り土間を歩きながら言う。

「鉢野金魚って者《もん》だよ」

金魚が言うと、

「ああ、薬楽堂さんで読本を書いていらっしゃる金魚さんでございますね――。わたしは手代の信介《しんすけ》と申します」

「あたしの本、読んでいるのかい?」

「あの……、おけいさんやお母さまのきさcouさまのお話でお名前だけ……」

信介はばつの悪そうな顔をする。

通り土間の出口からは中庭が見えた。右手に松や楓、梅、桜の植えられた築山。なだらかな山裾の先に池があり、その畔から二間ほど先に店から続く母屋があった。

縁側に小僧が一人正座して、真剣な顔で池を睨みつけている。

「わたしは、おけいちゃんの友だちの只野真葛という」

通り土間の出口で信介を引きとめ、真葛が言った。

「あの小僧は見張りか？」

その問いに、信介は探るような目で真葛を見る。

「河童の話は聞いている。そのための見張りか？」

真葛がもう一度問うと、信介は小さく肯いた。

「お嬢さまが怖がりますので、小僧や手代が交代で見張りをしております」

「あんたは河童の足跡を見たかい？」

金魚が訊く。

「はい。泥の足跡でございました」

「掌ほどの大きさだったたって聞いた」けいが言う。

「しかし、掌といっても人によって大きさは違う。不覚にもそのあたりをはっきりさせていなかった」

「ああ……。お嬢さまがお話しになったんですね。おそらくお嬢さまは、自分の掌と同じくらいの大きさと感じたのでございましょう」

信介が言うと、けいは自分の手を開いてじっと見る。金魚と真葛もけいの手を覗き込む。

「四寸（約十二センチ）くらいか。けっこう小さいね」金魚が言う。

「背丈は腰の高さほどかね」

金魚は自分の腰辺りに手を持ってくる。

「人の足の裏の長さは、手首から肘までと同じくらいだ」真葛が言った。

「背丈はその七倍ほど。二尺八寸（約八四センチ）ってところかな」

「足型を使ったのなら、背丈を推当てても意味があるまい」

けいが言う。

「違いない」

金魚と真葛は顔を見合わせて笑った。

その声を聞きつけたのか、縁側の小僧が厳しい顔を通り土間の方へ向けて、

「どなたでございます？」

と訊いた。

「ああ、すまないね。おけいちゃんを連れて来たんだよ。おさとちゃんに取り次いでおくれ」

金魚が言うと、さっと障子が開き、けいと同じくらいの歳の女の子が姿を現した。

「おけいちゃん！」

泣きそうな顔で叫んだ。

「おさとちゃん！」

けいは縁側に駆け寄った。

小僧はけいを知っている様子で頭を下げたが、けいは完全に無視している。

「美濃吉《みのきち》が『どなたさまでございます』なんて言うもんだから、また河童が出たのかと思っちゃった」

さとは縁側に座ってべそをかいた。

「も……、申しわけございません！」

美濃吉は顔色を青くして平伏した。

「河童が出たなら『どなたさまでございます』なんて訊かない」

けいはさとの横に腰を下ろしてその背中を優しく撫でた。

「そうよね」

さとは泣き笑いの顔をけいに向けたが、信介と共に中庭を歩いて来る金魚と真葛を見て眉をひそめた。

「ああ、友だちを連れて来た。金魚ちゃんと真葛ちゃんだ。これから河童退治をする」

「河童を退治してくれるの？」

さとの顔が輝く。

「悪戯をしに現れてるんなら、二度と来ないようにとっちめてやるよ」

金魚は言いながら歩み寄る。

「大船に乗ったつもりでいればいい」真葛はさとに言い、美濃吉に顔を向けた。

「というわけだ。お前は店に戻ってもよいぞ」

「そういうわけには参りません」美濃吉は真剣な顔で言う。

「河童が襲って来るかもしれないのです。女ばかりでは危のうございます」

「これ、美濃吉」

信介がたしなめるが、真葛は微笑《ほほえ》んで言う。

「仕事熱心なのはよいことだ。それでは、しっかりと勤めるがよい」

「おけいちゃん――」言って、さとは少し迷う。

「金魚さん、真葛さんも、中に入ってくださいまし」

さすがに、二人を〝ちゃん付け〟で呼ぶのは躊躇《ためら》われたようである。

けいと金魚、真葛は座敷に入った。

信介は「よろしく頼むよ」と言って店に戻る。美濃吉は「お任せくださいませ」と、勇ましい顔で返した。


座敷には十二、三歳ほどに見える小女が一人いて、けいたちが入って来ると「たかでございます」と頭を下げた。

「見張りを再開してから河童は出ないか？」

座敷に座るなり、けいが訊いた。

「ええ――。でも、見張りをやめればまた出てくるんじゃないかと思ってとても怖いの」

さとが言うと、たかも怯えた顔で小さく肯いた。

「見張りがあれば出て来ないってのは、ずいぶん弱気な河童だね」

金魚が言った。

「河童はさして強くないぞ」真葛は言った。

「子供と相撲を取って負けたという話は多くある。また、奥州には、河童の証文なるものが、あちこちに存在している」

「なんだ、その河童の証文というのは？」

けいが興味深そうに訊く。

「河童はよく悪戯をする。一番有名なのが、百姓が川で馬を洗っていると、河童がその尻尾を摑んで深みに引きずり込もうとしたという話だ。ところが馬の方がずっと力が強い。驚いた馬は走り出す。河童は川から引きずり出される。馬は厩《うまや》まで逃げて、どうしようもなくなった河童は、飼い葉桶をひっくり返し、その下に隠れるが、百姓に捕まってしまう。そこで、『二度と悪戯はしません』という証文を書かされるのだ。似たような話と共に、河童が書いた証文は奥州の多くの村に残っている」

「その証文、見たのかい？」

金魚が訊いた。

「何通かはな」

「河童は字を書けるのか？」

けいが訊く。

「書けるがそれは人の文字ではない。こう、蚯蚓《みみず》がのたくったような文字で、人は読めぬ」

「誰かがでっちあげたんだよ」

金魚は笑う。

「河童が書いたという証はないが、誰かがでっち上げたという証もない」

真葛は少し不愉快そうに言う。

「それならば、白黒つけずに灰色としよう」けいが言う。

「話を元に戻そう――。おさとちゃん。わたしたちは今回の騒動、河童の仕業ではないと思っている」

「え？」

さとは眉根を寄せた。

「誰かがなにかの目的で、河童の足跡らしきものを廊下につけたのだ」

「違うわ！　河童はあの本から抜け出して来たのよ」さとは泣きそうな顔になる。

「あたしが絵を見て卒倒したもんだから、本は蔵にしまわれてしまったの。それを恨みに思っているのよ」

「絵から物の怪が抜け出すという例はあるが——」

　と真葛が言うのをけいが制する。

「真葛ちゃん。金魚ちゃんとも話し合って、今回の件は物の怪の類いの仕業ではないと決したじゃないか」

「うむ……。そうであったな」

　真葛は口をつぐむ。

「河童が本から抜け出したかどうかは別にして、ここの旦那が手に入れたっていう稀覯本、どんなものか知りたいね」

　金魚は立ち上がる。

「お父っつぁんに訊きに行くんですか？」

　さとは不安そうに金魚を見上げた。

「大丈夫だよ。あんたから聞いたなんて言わないさ。あたしは戯作者だから、本のことを聞いたって不思議に思われやしないよ」

　金魚は一人で座敷を出る。美濃吉に「店の方へ行ってくるよ」と言って沓脱石の草履を履いた。

　通り土間を抜け、店を覗き込んで帳場の番頭に手招きした。

番頭はすぐに板敷を下りて金魚の側に立つ。

「いかがいたしました?」

「いや、おけいちゃんのお供とは別件で、ちょいとここの旦那に用があってさ」

「主は今、出かけておりますが……。わたしでよろしければ承っておきますが」

「そうかい――。それじゃあ伝言を頼もうかね。ここの旦那が正月に、百鬼夜行が描かれた草紙を手に入れたって話を小耳に挟んでね。今度、妖怪物の本を書こうと思ってたんで、参考に見せてもらえないかなと思ってさ」

「ああ……。あの本でございますか。お嬢さまが怖がるので蔵にしまい込んでおります」

番頭は眉をひそめながら答えた。

「そうかい。なんていう本か、題名は覚えていないかい? 薬楽堂の旦那に頼んで手に入れるってこともできるだろうからさ」

「はい――。寛永《かんえい》(一六二四～一六四五)の頃に書かれた【諸国百鬼夜行《しょこくひゃっきやこう》】という本の写本であると聞きました。写本であっても寛文《かんぶん》(一六六一～一六七三)の頃のもの。百五十年以上前のもので大層な稀覯本だということで」

「そうかい。それじゃあ簡単に手に入るもんじゃないね。旦那に一度見せて欲しいと鉢野金魚が言っていたと伝えておくれ」

「かしこまりました。そのようにお伝えしておきます。申し遅れましたが、手前、番頭の紀之助《きのすけ》と申します」

「紀之助さんだね。よろしく頼むよ」

言って金魚は踵を返し、ふと思いついて紀之助を振り返った。

「旦那に本を売った本屋は？」

帳場に戻りかけた紀之助は立ち止まって、

「日本橋本石町二丁目の文古堂《ぶんこどう》でございます」

と答えた。

「本石町の文古堂ね——」

文古堂の主、新兵衛《しんべえ》は知らぬ仲ではない。以前、長右衛門に『どうしてもお前ぇと一献酌み交わしてぇって奴がいるんだよ』と頼み込まれて、二度ほど酒の相手をしてやったことがある。

金魚は肯いてさとの部屋に戻った。


「なるほど、【諸国百鬼夜行】の写本であったか」

真葛は金魚の話を聞いて肯いた。

「有名な本かい？」

金魚は訊く。

「不忍亭枯蓮《しのばずていこれん》という筆名の、上野山下に住んでいた御家人が作者でな。江戸城築城のおりに諸国から集まった人足らに聞いた妖怪変化の話をまとめたものだ。文もなかなか面白く絵も達者なのだが、写本の筆者によって絵の出来不出来が大きく、よく写し取ったものは高値で取引されているという――」

江戸時代、原稿も写本といったが、ここでいう写本とは、文字どおり原本を写した本のことである。

古い写本は骨董的な価値も加わり、大切にされてきた。

版による印刷技術が発達する前、書物は写本によって広められた。版本が主体となった江戸時代にあっても、版本と同様に扱われ、流通する本の四割ほどは写本であったといわれる。写本は版本と違って厳しい検閲はほとんどなかったから、御公儀に目を付けられそうな内容のものは写本で多く出された。

貸本屋でも写本は扱われ、貸本屋専門に写本を行う者もいた。また、平安時代の書物を写し、雅な装丁を施した豪華本を作る書本屋《かきほんや》という商売も存在した。

「【諸国百鬼夜行】の写本ならば、わたしも見てみたい」

真葛が言った。

「とても怖い絵でした……」

さとは河童の挿し絵を思い出したのであろう、表情を歪めた。

「おさとちゃんがこれほどに怯えているのだから、そうとう上手い絵であったのだろう」

けいが言う。

「おけいちゃんも見るの？　よしたほうがいいわ」

さとはぶるぶると首を振った。

「大丈夫だ。わたしは強い」

けいの言葉にさとは、自分は弱いと言われたように感じたのだろう。複雑な表情をした。

「寛文の頃の写本であれば、百五十年以上も前のものだ。ならば、付喪神《つくもがみ》ということも考えられるな」

真葛が言った。

「つくもがみ？」

さとが問う。

「道具などが作られて百年経つと、精霊が宿る。それを付喪神という。道具を粗末に扱えば、人に害をなす妖怪となる」

真葛は答えた。

さとは体を固くして震えた。

「婆ぁ。変なことを教えるんじゃないよ」金魚は顔をしかめる。

「おさとちゃん。付喪神なんていないからね。道具は百年経てば壊れて芥《あくた》になるだけさ」

「付喪神でなければ――」真葛が言う。

「おさとちゃんに嫌がらせをしているのか、加賀屋に嫌がらせをしているかだな」

「加賀屋に本を売った本屋が、惜しくなって取り返そうとしているというのはどうだ？」

けいが言う。

「ふん。あり得るかもしれないねぇ。あるいは――」

金魚は言いかけてやめた。

「あるいは、なんだ？」

真葛はそう問うたが、すぐに金魚の意図を悟って「なるほど」と小さく言った。

「帰りがてら――」けいが立ちながら言う。

「文古堂へ寄って、様子を探ってみようか」

金魚と真葛の様子から、そろそろいとまをした方がいいと判断したのである。

「おさとちゃん」けいがさとに歩み寄り、その肩に手を置く。

「もしかするとあと一、二度、なにか起こるかもしれないが、それは鼬《いたち》の最後っ屁。遠からずこの件は解決する。もう少しだけ辛抱してくれ。明日の朝五ツ半（午前九時頃）にまた来る」

さとは涙を浮かべた目でけいを見上げて「うん」と肯いた。

金魚たちは加賀屋を出ると、昌平橋に向かって早足で歩いた。

「金魚ちゃんは、『あるいは』の後、店の者がなにかの恨みをもって嫌がらせをしているのかもしれないと言おうとしたんだね？」

けいが訊く。

「小女のたかや、障子の外には美濃吉もいたからね。こっちが店の者を疑っていると知られたくなかった」

「さとの自作自演ということはないか？」

真葛が言うと、けいが即座に答える。

「それはない。なに不自由なく暮らしているのだから、気を引く必要はない」

「甘いねぇおけいちゃん。人ってのはさ、なに不自由ない暮らしをしていても欲深くなるもんだよ。愛情をたっぷり与えられていても、もっともっと欲しくなる」

金魚が言った。

「おさとちゃんはそんな子じゃない」

けいは怒ったように言い、走り出す。

「気を悪くしないでおくれよ」金魚は後を追いかける。

「今のはおさとちゃんのことじゃなくて一般論さ。推当ってのは、あらゆる可能性を考えなくちゃならないんだよ」

「考えなかったわけじゃない。知り合ってから今までのおさとちゃんの様子から見て、早々に切り捨てただけだ」

けいは膨れっ面である。

昌平橋を渡ると日本橋まで続く大通りを歩いた。本銀町を過ぎて右に曲がってすぐに、けいが文古堂の看板を見つけて指差した。まだ不機嫌そうな顔は直っていない。

「そんな仏頂面じゃあ変に勘ぐられないともかぎらない――」金魚はけいの前に回り込み、しゃがんで言った。

「おけいちゃんは真葛婆ぁと一緒にちょっと待ってな」

金魚は二人を道端に置いて、小走りに文古堂へ走った。

文古堂は学術書などお硬い本を扱う物《もの》の本屋《ほんや》であった。店先では侍や、投頭巾や帽子を被った学者風の者たちが品定めをし、番頭や手代が相手をしている。

帳場で大番頭らしい男となにやら話をしている壮年の男を見つけ、金魚は声をかけた。

「新兵衛さん、新兵衛さん」

壮年の男、新兵衛は金魚の方に顔を向け、あからさまににやけた顔をした。

「これはこれは、金魚先生じゃございませんか」

新兵衛は、小走りに帳場を離れ、前土間に下りる。

「文古堂さんが、【諸国百鬼夜行】の写本を手に入れたって聞きましてね」

「それはそれは、お耳が遅うございました」新兵衛は気の毒そうな顔をする。

「正月に神田相生町の加賀屋さんにお譲りいたしました」

「左様ですか。それは残念」

金魚は唇を噛んでみせる。

「金魚さんが妖怪変化にご興味があるとは、意外でございます」

「妖怪変化の仕業に見えて実はって話を書こうと思ってたんですよ」

「ああ、なるほど。今までのお作にもそういう感じのものがございましたね」

「【諸国百鬼夜行】のいい写本、手に入りませんかねぇ」

「加賀屋さんにお譲りしたものほどの逸品は、なかなかございませんね」

「それじゃあ、新兵衛さんも売りたくなかったんじゃござんせんか？」

「とんでもない」そこで新兵衛は声をひそめた。

「あんな薄気味の悪い本。手元に置いておきたくなかったから、縁起が悪いとは思いながらも正月早々に加賀屋さんに持って行ったんでございますよ。加賀屋さんはその手の本をお好みでございますから」

「左様ですか――」

話に嘘はなさそうだった。

「加賀屋さんは薄気味悪い本を集めているんでござんすか？」

「古今東西の怪異譚や狐狸妖怪の類いがお好みのようで」

「そんな本を集めて、評判を落としませんかねぇ？」

「商売はしっかりなさって御座《おわ》しますからねぇ。けっして欲張らず、分をわきまえていらっしゃいますから、商売仲間の評判は上々でございますよ。酒もほどほど。女遊びはしない。唯一の道楽が稀覯本集めでございますから、お内儀さまもお目こぼしのようで」

「商売仲間の評判が上々ってのはよろしゅうござんすねぇ。恨んで邪魔をする奴はいないってことで」

「商売の邪魔でございますか？」

新兵衛の顔に怪訝な表情が浮かんだので、金魚は付け加えた。

「いえね、あたしらの商売にもやっかみはござんしてね。どうやったらみんなに好かれるのかっていっつも悩んでいるんでござんすよ」

「金魚さんはそのままでようございますよ。お書きになるものの内容によく合って御座します」

新兵衛は真顔で言った。

「そうですかねぇ？　嬉しいことを言ってくれるじゃないですか」

と金魚は微笑んでみせる。

「【諸国百鬼夜行】のいい写本、探しておきましょう。ただ、お高うございますよ」

「またお酒の相手をしたら、少しは勉強していただけるんでしょうね？」

金魚は科を作って言った。もちろん、買うつもりなどはない。いい写本を見つけたという知らせが来たら『もう書く気が失せた』と言って突っぱねる算段である。

「それじゃあよろしくお願いしますよ。お邪魔さま」

金魚は愛想良く言って、文古堂を出た。

町角で待っていたけいと真葛に駆け寄る。

「おけいちゃん。『加賀屋に本を売った本屋が、惜しくなって取り返そうとしている』って線は消えたよ」

「そうか。それでは、加賀屋かおさとちゃんに思うところのある者が河童を演じているということだな」

けいはまだ仏頂面である。

「商売仲間の加賀屋の評判は悪くないらしい」金魚は本石町の通りを東に歩く。

「外から他人の家に忍び込むのは相当な覚悟が必要だ。見つかって番所に突き出されりゃあ、盗賊ってことでお仕置きになるかもしれない。覚悟と、みみっちい河童の足跡なんて悪戯は、つり合わないね」

「やはり、加賀屋の中の者の仕業か――」

真葛は言う。

「薬楽堂に戻っておけいちゃんをおっ母さんに返したら、貫兵衛《かんべえ》ん家《ち》に寄って加賀屋の内情を探るよう言っとこう」

もと池谷藩の御庭之者《おにわのもの》であった読売屋、北野貫兵衛が住む町屋は、浜町堀に架かる汐見橋近く、橘町一丁目である。薬楽堂のある通油町より少し東であった。

五

金魚たちが加賀屋を訪ねた日の夜。

加賀屋の中庭には今夜も不寝番がいた。

何人かの番頭と手代、小僧が交代し、丑三ツ刻（午前二時〜二時半頃）には小僧の甲斐吉《かいきち》が縁側に座った。

熟睡していたところを起こされた甲斐吉は、眠くて眠くてたまらない。

しばらくは辛抱して座っていたが、睡魔には勝てずに、ついうとうとっとした。

近くでなにかの気配がした。

微かな足音も聞こえたような——。

甲斐吉ははっとして目を開ける。

膝の近くに置いた手燭の蠟燭《ろうそく》の炎が微かに揺れている。

「いけねぇ……。眠っちまったよ……」

甲斐吉は顔を両手で擦り、辺りを見回す。

怪しい影はない。

ほっとしたらまた眠くなってきた。

甲斐吉は立ち上がり、体を動かした。

腕を伸ばしながら腰を捻って後ろを向く。

その目に、奇妙なものが見えた。

障子に、銭くらいの大きさの小さななにかがへばりついている。場所は甲斐吉の胸の高さほどである。

季節柄、蛾かなにかかとも思ったが、形がおかしい。へばりついたなにかの下に、水が滴ったような跡も見えた。

「なんだ？」

甲斐吉は手燭を取って障子に近寄る。

蠟燭に照らされた障子には、褐色の泥がついていた。水の染みはその泥から滴り広がったもののようだった。

甲斐吉はぎょっとして後ずさる。裸足の足裏が冷たくぬるっとするものを踏んだ。

「わっ！」

甲斐吉は悲鳴を上げた。

その声に驚いたたかが座敷の中で声を上げる。

『なに？』

『どうしたのです？』

とよの声もした。

「河童の足跡でございます！」

甲斐吉は言った。

手燭で照らした縁側に、点々と小さな泥の足跡がついていた。


翌朝五ッ半（午前九時頃）、金魚、けい、真葛が加賀屋が見えるところまで来ると、番頭の紀之助が店の外に立っていて大きく手招きした。

「また現れたようだな……」

けいが走り出す。その後ろを金魚と真葛が追う。

紀之助のところまで走ったけいは、なにか話そうとする番頭を無視して店の中に駆け込んだ。

紀之助は戸惑った顔でけいを見送ると、金魚と真葛に、

「また足跡でございます。主には皆さまのことを話してあります」

と言って、二人と共に店に入った。

「甲斐吉という小僧が不寝番をしておりましたが、居眠りをした隙に河童が現れたようで」

通り土間を抜けて中庭に出ると、身なりのいい中年の男と手代の信介、小僧の甲斐吉が不安げな顔で立っていた。けいは池の周りを走り回っている。

「金魚ちゃん、真葛ちゃん、障子を見ろ」

けいはそう言うなり築山へ駆け込んだ。

中年男が金魚と真葛に近づき、「主の利助でございます」と言ったが、二人は「挨拶は後で」と答え、急ぎ足で母屋の縁側に向かう。

信介が駆け寄ってきて、「ご覧になりたいだろうと思いまして、足跡はそのままにしてあります」と言う。

「よく気がついた」

金魚は言って沓脱石に立ち、縁側を見下ろした。真葛が隣に立つ。

板の上に白っぽい色に乾いた足跡があった。縁側の縁から続く足跡はだんだん薄くなり、障子の近くでまた濃くなっていた。

「ふん」

「なるほど」

金魚と真葛は顔を見合わせて肯き合い、築山の方を向く。

けいは築山の木々に隠れて見えない。

二人は縁側に上がり、障子の前に立つ。

腰ほどの高さに、小さな泥がついていた。

二人はしゃがみ込む。

泥は一寸（約三センチ）ほど。周りに水が滲んで乾いた跡があった。障子紙のその箇所だけ少し皺が寄っている。

「河童は筆を使うようだね」

金魚が言う。

「うむ。それも墨を使った後は、筆を洗うようだ」

二人が見つめる泥の周りの水の染みには、微かに灰色の部分があった。

「どういうことでございましょうか？」

利助が二人の背後に歩み寄って、恐る恐る訊いた。

「聞いたとおりでございますよ」金魚が振り返りながら言う。

「ここに出る河童は、筆を使って障子になにかを書こうとしたんでございます」

その言葉を聞き、真葛はにやりと笑う。

「ほぉ。河童と認めるか？」

「まぁね」

金魚は意味ありげに微笑む。

「あの……。意味が分からないのですが……」

利助は困惑の表情で金魚と真葛を見た。

「ほれ。泥の周りの水の染みをよくご覧なさいな。ほんの少し灰色でございましょう？」

　金魚は泥の跡を指差した。

「はい……」

　利助は障子の泥に顔を近づけて肯く。

「それは墨の色でございますよ。なぜ、泥の周りの水に墨の色が混じっているのか――」

　金魚が言った時、けいが築山から出て縁側に駆け寄って利助を見上げる。

「墨は目に見えないほど粒が細かいから水に溶ける。けれど、泥は粒が粗いからほとんど水には溶けない。同じ理屈で、水に溶けた墨は紙に染み込むけど、泥のほとんどは水に溶けていないからごくわずかしか紙に染み込まない――。ここまではいいか？」

「はい……」

　利助は眉根を寄せながらも肯く。

「泥の周りの水の滲みに墨が混じっていた。墨と一緒に使う道具はなんだ？」

「硯《すずり》と筆でございます――。ああ、筆を使って障子に泥をつけたということでございますか」

　利助の言葉にけいは舌打ちする。

「さっき金魚ちゃんが言ったじゃないか――。墨を使った筆で泥を障子につけたとすれば、その痕はどうなる？」

「もっと墨の色が濃くなりますな――。ああ、だから洗った筆を使ったと？」

「筆は使っているうちに、穂先と軸の隙間に墨が溜まる。洗ってもそれが溶けだして、穂先に流れる。染みに混じっている墨の色はそれだ。河童は泥を使って文字を書こうとしたが、泥ではうまく文字が書けないから断念した」

「はぁ……」利助は首を傾げた。

「しかし、なぜ河童が障子に文字を書こうとしたのでございます？　だいいち、河童は文字を書けるのでございますか？」

「さて、書けるかどうかは分かりませんけどね」

昨日、真葛に河童の証文の話を聞いたというのに金魚はそう言って、利助、紀之助、信介、甲斐吉の顔を見回した。

「河童が文字を書くなど聞いたこともございませんが……」

紀之助が言い、全員が肯いた。

その時、小僧の美濃吉が中庭に現れた。

「あの――、北野《きたの》さまと仰る方が、金魚さんにお会いしたいとのことで」

美濃吉が言った。

「ああ。知り合いだからここへ通しておくれ」金魚は美濃吉に言い、利助に顔を向ける。

「ところで、お内儀とおさとちゃんは？」

「たいそう怖がっておりますから、別室に。おたかも一緒でございます」

利助が答えた。

「左様でございますか。ちょいと調べたいことがあるのではずしてもらえませんかねぇ――」

金魚は利助たちを見回す。

利助、紀之助、信介は肯き、甲斐吉は金魚たちに居眠りしたことを叱られると思っていたのだろう、ほっとした顔になった。

利助たちが店に戻るのと入れ違いに北野貫兵衛が中庭に入って来た。

「また、河童が出たって？」

貫兵衛は縁側に上がってなにかしている金魚、けい、真葛に声をかけた。

「――間違いないね」

三人はそう言うと縁側を下りて貫兵衛の前に立った。

「なにをしてた？」

貫兵衛が訊く。

「合わせてみたのさ――。で、調べの方は？」

金魚は言った。

「店の方は悪い評判はないな。居酒屋や茶店を回って、奉公人の噂を集めたが、そっちもこれといったものはなかった」

「頼りにならぬな」

真葛が顔をしかめた。

「最後まで聞けよ」貫兵衛は舌打ちする。

「番頭の紀之助がいくつかの本屋から『給金をはずむからうちに来ないか』と声をかけられている。大名屋敷や旗本屋敷に顔が知れているから、商売を広げたい本屋が狙っているようだ」

「紀之助の方はどうなんだい？」

金魚が訊く。

「揺れてるらしい。それを聞きつけた信介がしきりに店を移ることを勧めているようだ」

「番頭の紀之助が店を出れば、自分が番頭になれるっていう読みか」

真葛が言う。

「そのようだな」

「しかし、その話と河童騒動は繋がりそうにないね」

金魚は肩をすくめる。

「こちらが気がつかぬ深い理由があるのかもしれないぞ――」貫兵衛は言った。

「それから主の利助だ」

「利助の評判はいいって聞いたよ」

と金魚。

「仲間内の評判はな」

「親子仲か――」

けいが眉をひそめた。

「よく分かったな」貫兵衛は驚いた顔をする。

「最近、おさとが利助を疎むようになってきたって話だ」

「娘にはありがちな話だな」

真葛が言う。

「おさとちゃんから、最近父親が鬱陶しいという話は聞いていた」けいが言う。

「しかし、まさか父親が河童の足跡で娘に嫌がらせをするということはないと思うが……」

「いやいや」貫兵衛は顔の前で手を振った。

「脅かして自分を頼らせようって魂胆かもしれぬぞ」

「男というのは――」真葛が言う。

「いくつになってもガキのようなことを考える」

「ならば、利助も一緒に寝所に泊まり込むはずだ」

けいが反論する。

「まぁいいや。悪戯をする現場を押さえりゃあ、誰がやったのかは分かる」

金魚が言う。

「なんだ。捕らえる算段があるのか？」貫兵衛は不機嫌な顔をする。

「ならば、おれの調べは無駄ではないか」

「ついさっき、おおよその謎が解けたのさ。昨日のうちは分からなかった。まぁ、気を悪くしないでおくれ」

金魚は財布を出して、小粒を一枚取り出して貫兵衛に握らせた。

「捕り物につき合わなくてもいいのか？」

貫兵衛は一分金を掌で弄びながら訊く。

「捕らえるのは一人。なんとでもなるさ」

金魚が言う。

「そうかい。それならせいぜい怪我をしないように頑張ってくれ」

貫兵衛はからかうような笑みを浮かべ、懐手をして中庭を去った。

「さて、それじゃあ今夜の手筈を整えるかねぇ」

言って金魚は通り土間へ歩いた。


帳場の裏の小部屋で金魚は紙と筆を借りて、さらさらと文字を書きつけた。

戸惑った顔をして向き合った利助はその手元を見ている。

「今夜の不寝番、こういう順番でやってもらえませんかねェ」

金魚は紙を利助に渡した。

暮れ六ツから明け六ツまで（午後六時〜午前六時頃）の間を六人で見張るように振り分けた当番表である。番頭の紀之助と手代の信介、小僧の美濃吉と甲斐吉は名前が分かっていたからそのまま書いたが、もう一人は利助に選んでもらった。

「あの……、本当にこれでいいのでございますか？　甲斐吉はまた居眠りをするかもしれません」

「居眠りしてくれれば好都合。その隙に河童が現れましょう」

「なるほど。現れるのを待ち伏せるのでございますな」

「それでも疑われないように、甲斐吉には『名誉挽回の機会だよ』と言い含めておくんなさいよ。あたしたちは一旦帰って、暗くなったらそっと戻って来ます。裏木戸の門《かんぬき》は開けておくようお願いいたしますよ。そして、そのことは、誰にも話しちゃなりません」

「店の者をお疑いで？」

利助は眉をひそめる。

「いいえ。店の者がこっちの動きを知っていりゃあ、ひょんなことで池の河童の耳に入るやもしれないってことで。お内儀もおさとちゃんも、おたかちゃんと一緒にいつもの座敷で寝るように言いつけておくんなさいまし。怖いといっても一晩の辛抱だからと言い含めてくださいね」

「承知いたしました――」

利助は肯いて、もう一度不寝番の表に目を落とした。


金魚たちは、「あたしたちは河童を調伏する修《ず》法師《ほうし》を連れて、明日また出直してくる」と紀之助に告げて、加賀屋を後にした。

薬楽堂に帰る途中、金魚は古道具屋を見つけて錆びついた真鍮の矢立を一つ求めた。けいは「そんなものをなにに使う？」といぶかしげに訊いたが、金魚は、

「今に分かるよ」

と言って微笑むばかりだった。

六

その夜の丑三ッ刻――。

居眠りを危ぶまれた甲斐吉はしかし、目を大きく見開いてじっと暗闇の中庭を見つめていた。

今夜居眠りをすればお暇を出されるかもしれないと必死だったのである。

物音がすると、さっとそちらに目を向ける。昨夜とは打って変わった勇ましさである。

何度か足音を聞いた気がしたが、それは家の中で、河童が現れたのではなさそうだった。

「甲斐吉――」

と言って美濃吉が手燭を持って現れたのは寅之刻（午前四時頃）近くであった。

「今夜は居眠りをしなかったようだね」

言って美濃吉は甲斐吉の横に座った。

「うん。頑張った。あとは頼むよ」

言って甲斐吉は自分の手燭を持って小僧たちの部屋に戻った。

美濃吉は縁側に座り、時折寄ってくる蚊を手で追い払う。そして、小半刻（約三〇分）ほどすると、目を閉じた。

居眠りをしているのではない。

なにか、美味しいものを味わうような満ち足りた表情であった。

さらに小半刻。美濃吉は目を開けて、落ち着かない様子になって、辺りを見回した。

耳を澄まし、周囲の音に注意を向ける。

微風に揺れる庭木の葉擦れの音。

蚊が近づく音。

一度、誰かが厠へ行く微かな足音が聞こえた時は、びくりと身を震わせた。

そして――。

美濃吉はそっと腰を浮かす。

縁側の左右を見る。

誰もいないことを確認してそっと縁側を下りた。

心の臓がどきどきした。罪悪感が美濃吉の動きを鈍くした。

やり始めてしまったんだ。今さらやめることはできない――。

美濃吉は唇を噛む。

でも――。なんてことをやってしまったんだ。

大人たちがこれほど大騒ぎするとは考えてもみなかった。

美濃吉は築山に走る。まっすぐ楓の木に走って葉を一枚千切り取ると、縁側の側の池の畔に走ってしゃがみ込む。

池に手を突っ込んで底の泥を掻き回し、水を濁らせる。そして楓の葉に手に握り込んだ泥をつけた。

この方法を考えついたのは去年の晩秋、中庭掃除をした時だった。紅葉の時期を過ぎて楓は築山の上に葉を降り積もらせた。

主の利助は風情があるから築山の落ち葉はそのままにしておけと言ったが、風が吹けば中庭一面に枯れ葉が飛んできた。

それを掃き集めながら、美濃吉はふと、

『楓の葉っぱは河童の手みたいだ』

と思った。

しかし、そのことは今年の正月まですっかり忘れていた。正月のあの出来事で、自分の心の中に押し込めていた思いが吹き出した――。

美濃吉は縁側に戻って、泥をつけた楓の葉を床に押しつけた。

障子の側で薄くなったので、もう一度池に戻る。

その時である。

植え込みの向こうから人影が音もなく現れ、美濃吉の背後に迫った。

人影は素早い動きで美濃吉の右腕を摑み、背後にねじ上げて、口を掌で塞いだ。

くぐもった悲鳴が掌の中で上がる。

「静かにしろ。店の者が駆けつければ、困るのはお前だぞ」

美濃吉の耳元で嗄《しわが》れた声が囁いた。

人影は植え込みに美濃吉を引きずって行く。

植え込みの向こうには二つの人影が潜んでいた。一人が火付け道具で手燭の蠟燭に明かりを灯した。

橙色の光の中に、黒い着物を着て黒い布で盗人被りをした金魚とけいの姿が現れた。尻端折りをして黒い股引を穿いている。

「大声を上げぬと約束すれば、手を離してやる」

美濃吉を捕らえたのは真葛であった。金魚やけいと同じ装束である。

美濃吉は何度も肯いた。

真葛が手を離すと、美濃吉はへなへなとその場に座り込む。

「やっぱり美濃吉だったねぇ」金魚が手燭で美濃吉の顔を照らす。

「せっかくお前より先に甲斐吉を不寝番にしたんだけど、頑張っちまったからねぇ。そんなこともあるかもしれないと、お前の番を甲斐吉の次にした」

「なんでわたしだと……？」

美濃吉は眩しそうに目を細めた。

「障子に筆でつけた泥の跡を見た時、これは証文を書こうとしたんだと思った。昨日、真葛婆ぁが河童の証文の話をしたからね。だけど、ここの旦那や番頭、手代は知らなかった。昨日、河童の証文のことを聞いた者たちは、誰にもその話をしてなかったってことだ――」

金魚の話をけいが引き継ぐ。

「だとすれば、障子に証文を書こうとしたのは、昨日、座敷でしてた河童の証文の話を聞いた誰か。おさとちゃんにもお内儀にも、おたかちゃんにも偽河童を演じる理由がない。一番怪しいのが縁側で見張りをしていたお前、美濃吉だ。おそらく証文を書こうとしたけれど、泥では書きづらくてやめたんだろう？」

「違うよ……」相手が自分より年下の童女なので美濃吉の言葉が砕けた。

「河童の証文は詫び状だろ？　河童は『もう悪さはしません』って意味で証文を書く。だったら証文を書いちゃ、もう足跡をつけられなくなると気がついてやめたんだ」

自分の推当が外れたので、けいはちょっと不満そうに口を尖らせて「そうか」と言った。

「おけいちゃんが――」今度は真葛が話を引き継ぐ。

「足跡は楓の葉を使ったに違いないと推当てた。そして葉を取って足跡に合わせてみると、指の開きがぴったりだった」

真葛はしょげているけいを持ち上げた。

「お前はきっと、掃除の時かなんかに、楓の葉が河童の足みたいだと思ったんだろうね。あとは、お前がなぜそんなことをしたのかということだ」

金魚が言って、続きをけいに促す。

「お前、おさとちゃんの側にいたかったんだろう？」

けいは自信なさそうに言った。

美濃吉ははっとしたようにけいを見た。

その表情で、けいは確信を持ち、少し胸を張って言う。

「お前は正月におさとちゃんが河童の絵を見て卒倒したことを知って、おさとちゃんが河童を怖がっていることを知った。それで、もし河童が出れば見張りや不寝番がつけられるだろうと考えた。その当番になれば、おさとちゃんのすぐ側にいられる。お前はその考えに有頂天になり、実行してしまった――」

　そこでけいの勢いが衰える。

「だが、なぜおさとちゃんの側にいたいと考えたのかが分からない」

　けいは困ったような顔で金魚を見る。

「そこまで言わなくてもいいんだよ」金魚は言った。

「相手に弱みを見せちゃいけない。分からないことは黙っていて、言葉で導いて相手に言わせりゃあいいんだ」

　美濃吉が〝なにをやったのか〟を推当てられるのに、〝なぜやったか〟を推当てられないのは、けいがまだ幼いからか。それとも、人の心を慮《おもんぱか》るのが苦手だという性格からか――。

「美濃吉はおさとに惚れているのだ」

　真葛が言った。

「惚れているという言葉は色々な本に出てくるがよく分からない」けいは困った顔をする。

「特に、母さまの目を盗んで読んだ心中物など、理解に苦しむ。二人で逃げる方法など何通りもあるのに、なぜ相対死《あいたいじ》にを選ぶのか――」

「先達《せんだつ》て、『去年のお前は今のお前と同じか？』と訊いたことを覚えておろう」と真葛が言う。

「お前は『同じはずはなかろう』と答え、わたしは『婆ぁも童と同じだ。一つ歳をとるごとに賢くなる』と言った。それと同じに、いずれお前も、なぜ男と女が相対死にをするのか分かる時が来る」

「歳の問題だというのか？」

「まぁ、そういうことだ。童は婆ぁに勝てぬこともある」

「綺麗なお姐さんにもね」

金魚がにっと笑うと、けいは頬を膨らませて、美濃吉を睨んだ。

「お前はおさとちゃんに惚れているのか？」

けいの問いに、美濃吉は顔を真っ赤にした。

「おけいちゃん。その問いに対して顔を赤くするというのは、図星だという印だ。よく覚えておいて、これからの推当に役立てな」

金魚は言う。

「お前はおさとちゃんに惚れて、いつも側にいたいと思い、河童騒動を起こしたのか？」

けいが訊くと、美濃吉はさっと平伏した。

「申しわけございません！」

「大きな声を出すな、ばか」

けいが叱ると美濃吉はさっと身を起こして両手で自分の口を塞いだ。

「短慮なことをしたものだ」

けいは呆れたように首を振った。

「確かに、短慮でございました……」美濃吉は啜り泣いた。

「お店のお嬢さまと、小僧のわたしなど、とうていつり合いません。お嬢さまも、わたしのことなどただの奉公人としか思っていないでしょう……。それは仕方のないことでございます。けれど、胸の中に押し込めた思いは日に日に大きく膨らんでいって、苦しくて、苦しくて――。そんな時、お嬢さまが河童の絵を大層怖がったのを見てしまいました。これは、お嬢さまをお守りしなければと――」

「ところが河童なんかいない」

金魚が言うと、真葛が口を尖らせて、「いないとは言い切れまい」と文句を言う。

それを手で制して、金魚は続けた。

「だから、自分で河童騒動を起こしたかい」

「はい……。お嬢さまのお力になりたくて、お側にいたくて。その思いばかりが強くなり、ついやってしまいました……」

「お前がやったことが、おさとちゃんを大層怖がらせてしまったってことは分かっているんだろうね？」

「はい……。けれど、その様子を見て、ますます守って差し上げなければという思いが強まり……。騒動を起こしている自分と、お嬢さまを守りたいという自分とが、まるで別人になってしまったような感じでございました……」

「今はどうだい？」

「今までは、騒動が自分の仕業だとばれていないことで、どんどん大胆になっていったんでございます。ですが、それと同じくらい、『誰かに気づいて欲しい。誰かにとめて欲しい』という思いも強くなっておりました。だから、今はもう、憑き物が落ちた心地がいたします」

「おさとちゃんへの思いは？」

金魚の問いに、美濃吉から答えはない。肩が大きく震え出して、美濃吉は突っ伏すように平伏した。その口から嗚咽《おえつ》が漏れた。

金魚は美濃吉を見つめて「切ないねぇ」と呟く。そして、気を取り直したように、

「さて、美濃吉。お前は自分がやったことに始末をつけなきゃならないねぇ」

と言った。

「旦那さまにつまびらかに申し上げます。いかような罰も受ける所存でございます……」

「そうかい。覚悟はできているかい。なら、証文を書きな」

「証文でございますか……？」

美濃吉は顔を上げた。

「そうさ。河童の言葉でね」金魚は懐から錆びた矢立を出した。

「書き方は真葛婆ぁが指南してくれる」

　金魚は矢立を美濃吉に渡した。

「なるほど、矢立を買うたのはそういうことか」真葛は悔しそうな顔をする。

「そういう結びにするとは気がつかなかった」

「なるほど――」けいは肯く。

「だから、急にこのたびのことは河童の仕業だと言い出したのだな」

「そういうこと――。さぁ、さっさと証文を書いちまいな」金魚は美濃吉を立たせる。

「そして、書いたならば縁側に転がって寝てしまうんだ。次の不寝番が来るまでね。

そして、自分が居眠りしている間に河童が証文を書いたことに驚く。できるね？」

　美濃吉は金魚の意図を理解したようで、目を見開き、

「助けてくださるのですか？」

　と訊いた。

「いいかい、今から書く証文は、河童の証文であり、お前の証文なんだ。二度と同じことは繰り返さず、真面目に御奉公しますってね。そうしなきゃ、お父っつぁんもおっ母さんも悲しませてしまうことになるんだよ」

「はい……」

　美濃吉の目から涙が溢れた。そして、小走りに縁側へ向かう。その後ろを真葛が

追う。

縁側に上がった美濃吉は矢立から筆を出すと、真葛に寄りそわれながら障子に証文をしたためた。

七

明け六ツまでの当番は番頭の紀之助だった。

紀之助はほんのりと朝の気配を漂わせ始めた空を見ながら縁側に出て来た。

前を向くと、縁側に美濃吉が丸くなって寝息を立てている。

紀之助は顔をしかめて美濃吉の側に歩み寄ると、乱暴にその体を揺らした。

「美濃吉、美濃吉。起きなさい」

寝間のさとたちに気を遣い、声は小さい。

「はい……。あっ、申しわけありません」

美濃吉は起きあがる。

「甲斐吉の次はお前かい。本当に、だらしのない。何事もなかったね？」

言いながら紀之助は周囲を手燭で照らし、障子を見てぎょっとした顔になる。

障子の下半分に、蚯蚓のたくったような筆文字が、黒々と記されていた。

「これは……」紀之助の顔が青ざめる。

「美濃吉。旦那さまを呼んでおいで」

「はい……」

美濃吉は縁側を駆け、利助の部屋へ向かう。

紀之助は障子を細く開け、中の三人がぐっすり眠っているのを確かめてほっと息を吐いた。


金魚とけい、真葛は植え込みの裏からその様子を眺めていた。

利助と美濃吉が縁側を走って来たところで、慌てた様子を装って植え込みから飛び出した。

紀之助は突然現れた黒装束三人にぎょっとした顔になる。

美濃吉は小さく会釈したが、金魚は鋭く首を振る。美濃吉は小さく肯いて、驚いた顔を作った。

「金魚さん。これはどういうことでございます？」

利助は怖い顔をして障子の文字を手燭で照らした。

「面目しだいもございません……」

金魚は泥棒被りを脱ぐと、頭を下げた。ちらりと、けいと真葛を見る。二人とも申しわけなさそうな姿を演じていた。

「なぜここに？」

事情を知らない紀之助は疑わしそうに金魚たちを見た。

「河童を捕らえるために庭に忍んでいたんでございますよ。加賀屋さんもご存じのことで」

金魚が言うと、利助は不機嫌そうな顔で肯いた。

「ところが――」けいが言った。

「不覚にも、三人ともついうとうととしてしまった」

「これは――」真葛は縁側に飛び乗り、筆文字を見つめる。

「河童の証文だ――。板橋の先に住んでおりしが、此度《こたび》、一家で神奈川へ移ることとなり、その途上一時《ひととき》、家の池をお借り申し候。息《そく》が数多《あまた》返《かえ》り部屋を覗き騒がせしこと、お詫び申し上げ候――」

真葛は障子の下に置かれた錆びた矢立を取り上げた。

「騒ぎを起こした詫びに、これを置いて参るとのことだ」

言って真葛は矢立を利助に渡す。

「河童の矢立でございますか――。なるほど、水に棲むものの矢立。たいそう錆びておりますな」

利助は感心したように矢立を矯《た》めつ眇《すが》めつした。

「ということは、河童はもう神奈川へ向かったということで？」紀之助が訊く。

「もう河童は現れないと？」

「そういうことのようでございますねぇ。修法師を呼ばずに済んだようでございます」

　金魚が言う。

「河童の矢立とは——。いい家宝ができたな」

けいが言う。

　稀覯本を集めることが道楽の利助は、その価値を認めたようで矢立を見つめながら何度も肯いた。

「さて、あまり役にも立てずに申しわけございませんでしたねぇ」金魚は言って、裏口の方へ歩き出す。

「もう用は無《の》うござんしょうから帰らせていただきますよ」

「あっ。朝餉《あさげ》でもご一緒に——」

　利助は呼び止めるが、金魚は振り返りもせずに手を振った。

「今は、食い気よりも眠気が勝っておりますんでねぇ」


　白々と夜が明けてくる。早起きの棒手振たちが河岸へと走りながら、不審そうな目で、手を繋いで歩く黒装束の金魚たちを見る。

「おけいちゃん。母さまには庭で見張りをしたなんて言うんじゃないよ。あんたは薬楽堂に泊まったことになっているんだからね」

金魚が言った。

「それは分かっているが、あちこち蚊に食われた」

けいは頰《ほ》っぺたの小さく丸く赤くなった部分を搔いた。

「蚊帳《かや》が破れてたってことにすりゃあいいさ」

「あるいは、安い蚊遣りを使っていたとかな。どちらでも薬楽堂ならば真実味がある」

真葛が言う。

けいは「うん」と気のない返事をする。なにか真剣に考え込んでいる様子であった。

「どうした、おけいちゃん」

金魚はけいの肩に手を置く。

「うん……。ああいう結末のつけ方、わたしにはできない。美濃吉が暇を出されて終わり——。そう考えていたんだ」

「それじゃあ美濃吉がかわいそうだろ」

金魚は言う。

「うん。だけど、悪いことをしたんだから、罰は受けて当たり前だ」

「真葛婆ぁに脅かされて、あたしらにばれて肝を冷やした。それで十分じゃないかねえ」

「けれど、わたしは美濃吉を助けてやる方法を考えなかった。だけど、さすが金魚ちゃんは戯作者だ。真葛ちゃんが言った河童の証文を使って、上手い具合に結びをつけた」

「これで三度目だが――」真葛が言う。

「歳を重ねればいずれおけいちゃんも思いつくようになる」

「歳は食ってても真葛ちゃんは思いつかなかっただろ」

けいの言葉に真葛は膨れっ面になった。

けいは溜息をつく。

「つくづく、わたしには才がないのだと思った」

「そりゃあ、才なんかじゃないね」金魚が言う。

「おけいちゃんも真葛婆ぁも、当たり前の結末しかないと思って一捻りを考えなかった。考えなきゃ思いつきもしないよ。綺麗な結びをどうつけるかって考えりゃあいいんだよ」

金魚はけいの肩に置いた手に力を込めた。

「いいかい、おけいちゃん。才って言葉に逃げちゃいけないよ。才があったって、努力をしなけりゃあ伸びないんだよ」

「うん――。だけど、どうやって努力すればいいかが分からない」

けいは落ち込んだ顔で唇を尖らせた。

「そんなことは自分で試行錯誤して考えるんだよ——、って突っぱねたいところだけど」金魚は苦笑する。

「あたしはおけいちゃんに甘いねぇ。それじゃあ、あたしがやっている方法を教えようかね」

「教えてくれ。一所懸命にはげむから」

けいは金魚の前に回り込んでその両手を取り、懇願する目で見上げた。

金魚はけいの前にしゃがみ込む。

「二六時中《にろくじちゅう》、書こうとしている戯作の筋を考え続けるのさ。頭の中に浮かんだ色々な筋をくっつけてみる。面白くないやつはすぐに捨てる。そうやっているうちに、ぴったりと来る結末が見《め》っかる。馴れればそういう筋道が頭の中に出来上がって、こっちが意識しないうちに頭が勝手にやってくれる」

「ああ——」真葛が肯いた。

「戯作者がよく、ネタが降って来るって言うが、あのことだな」

「そう。降って来るなんて言う奴は、商売敵を増やしたくないか、ちゃんと自分の頭の中を考えようとしない奴さ」

金魚は顎を反らして自慢げに言う。

「うん——。勉強になった。諦めずに戯作を書いてみる」

「へへっ」金魚は立ち上がって手を繫ぎ直す。

「あたしより上手くなりそうな時には、すぐに潰してやるからね」

金魚は握ったけいの手を大きく振る。

「潰される前に潰してやる」

けいはさらに大きく手を振る。

「それならあたしは――」

明け初めた空に金魚とけいの元気な声が響く。

三人は仲良く昌平橋を渡った。

神田川の水面に、曙光の最初の輝きが煌めいた。

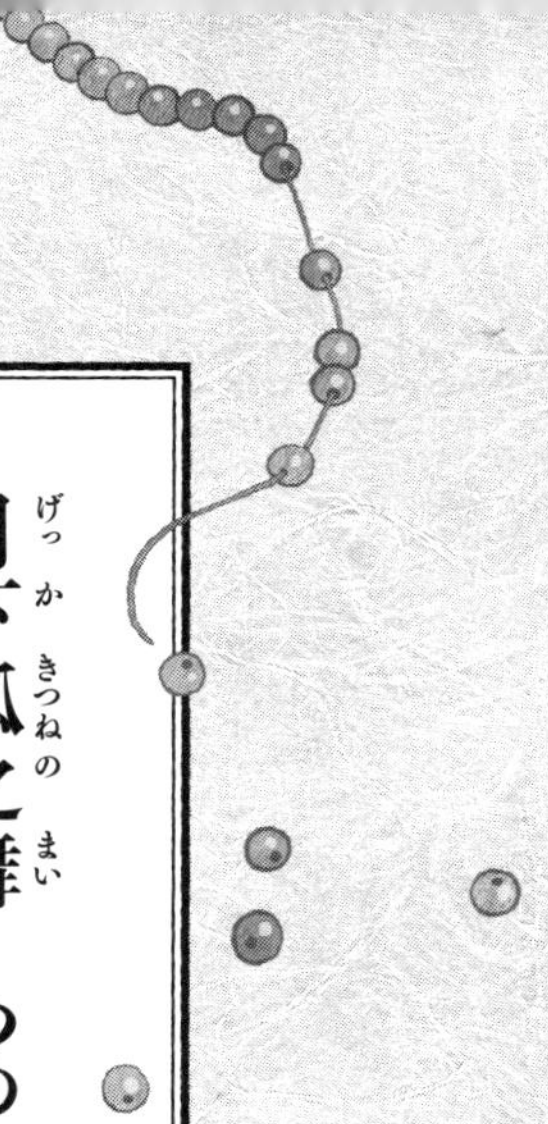

月《げっ》下《か》狐《きつね》之《の》舞《まい》　つゆの出《いで》立《たち》

一

しとしととした雨が三日ほど続いた昼下がり。鉢野《はちの》金魚《きんとと》は薬楽堂《やくらくどう》の庇《ひさし》の下で鮮やかな紅の蛇の目を閉じると、二度、滴を払う。そして、傘を持ったまま店に入った。

裾の泥はねを気にして黒っぽい着物であったが、帯に差した煙草入れは紅い羊革。前金具は銅を打ち出した菖蒲《あやめ》の花。緒締めは紫水晶。甲螺髷《ばいまげ》の髪に差した簪《かんざし》は珊瑚玉。黒塗りの下駄の鼻緒も紅であった。

厚い雨雲のせいで店の中は暗く、帳場では手燭を灯して短右衛門《たんえもん》が帳簿をつけている。

暇そうな顔で板敷に腰を下ろしていた竹吉《たけきち》と松吉《まつきち》が立ち上がり「金魚さん、いらっしゃい」と歩み寄って来た。

「なんだい。雨の三日は草紙屋も殺すかい」

金魚が言うと、短右衛門は顔を上げる。

「はばかりさま。雨続きで暇だからと、本を買いに来るお客さまも多ございましてね。昨日、今日は晴れの日とたいして変わりませんよ。昼前まではいつもより多いくらいでございました」

「そうかい」金魚は肩をすくめる。

「草紙屋殺すにゃ刃物がいるよ～。雨の三日で大繁盛～」

節をつけて唄いながら、金魚は通り土間に歩を進めた。


離れの濡れ縁に傘を立てかけて、「ごめんなさいよ」と言いながら、金魚は障子を開けた。

無念《むねん》と長右衛門《ちょうえもん》が燭台を挟んで素人戯作試合の応募作を読んでいた。二人の側には紙縒《こより》で綴じた草稿が数冊ずつ重ねられていた。部屋の隅には×印の紙が貼られた行李《こうり》が三つ置かれている。

「男くさいねぇ」

金魚は顔をしかめて障子を開けたままにして中に入った。

「男だけなんだから、男くさくて当たり前《め》ぇだ」

無念が草稿に目を落としたままぶすっと答える。

「三日は風呂に行ってないね」

金魚が言うと無念は、「ご明察～」と戯《おど》けたように答える。

「雨降りだから、行くのが億劫でさ」

金魚は鼻をつまみながら無念の後ろに回り込んで草稿を覗き込む。

「舟野《ふなの》親玉《おやだま》よりもいいやつは来たかい？」

無念は顔を上げて首をぐるぐると回す。こきこきと音がした。

「おしいねぇっていうのは一つ、二つあるんだがな」

長右衛門が草稿を読みながら答えた。

「手伝いに来たかい」

無念は自分の肩を揉みながら、行李の前に座った金魚に目を向ける。

「まさか」金魚は行李に腰をもたせかける。

「【戯作修業《げさくしゅぎょう》　加賀屋河童騒動《かがやかっぱそうどう》】を書き上げたんで、息抜きに来たのさ」

「なんでぇ。加賀屋の名前をそのまま使うのかい？」

長右衛門が草稿を置いて大川煙管に煙草を詰める。

「まさか。いい名前を考えて推敲で直すよ」

金魚が答えた時、雨音の向こうに足音が聞こえた。

「香雅堂《こうがどう》の秀造《ひでぞう》さんがおいでで」

外で清之助《せいのすけ》の声がした。

香雅堂は日本橋本石町一丁目の書本屋《かきほんや》であった。主の名は三右衛門《さんえもん》。

書本屋とは写本を専門に扱う本屋である。元禄の頃までは、上客向けに豪華な写本を作る店であったが、この時代は一般庶民向けの写本を作る店が多かった。そんな中で、香雅堂は今でも主に平安時代の書物を写した豪華な装丁の本を扱っていて、大名、旗本、豪商が娘の嫁入り本（嫁入り道具の棚に置く本）として誂えることも多かった。

「おお。通してくんな」

長右衛門はすぐに答えると、草稿を片づけ始める。

「あれ。約束があったのかい？」

金魚は訊いた。

「ああ。朝に三右衛門さんが来てな。最近、写本の書き手の秀造の様子がおかしい。自分が訊いてもなにも話さないから、なんとか訊き出してもらえないかって頼まれた」

「へぇ。大旦那がかい？　お世辞にも聞き上手とはいえない大旦那にそういう頼みがあるなんて、妙だね」

金魚はにやにや笑う。

長右衛門は不機嫌な顔になる。

「お前ぇに話を訊き出して欲しいって言われたんだよ。だが、男の悩みごとなら男の方がいいと思って、おれと無念で話を聞くことにしたんだ」

「できるのかい？」

金魚のにやにや笑いはやまない。

「できなかったらお前ぇを呼ぼうって算段だったのさ」無念が顔をしかめる。

「おれは身の上相談なんて面倒だから嫌だって言ったんだがな」

「そうかい。なら、お手並み拝見ってことで、ここにいさせてもらうよ」

金魚は楽しそうに言った。

庭に足音と傘を打つ雨音がして、

「秀造でござんす」

と声が聞こえた。

「上がんな」

長右衛門が言うと、障子が開いて、二十代前半の小柄な男が頭を下げた。

「お初にお目にかかりやす。香雅堂の書き手の秀造でござんす。うちの旦那に言われて参りました」

自分の意思ではなく、あくまでも旦那に言われたから来たと前置きした。こいつは、なにも喋るつもりはないね——。

金魚は黙ったまま銀延べ煙管で煙草を吸いつけた。

頭を上げた秀造は、部屋の奥に金魚がいるのに気づき、戸惑った顔をした。

「邪魔だったら出ていくよ」

金魚は煙を吐き出す。

「いえ」秀造は座敷に入って座りながら頑なな顔で首を振る。

「わたしの方はいっこうに」

「三右衛門の旦那がよぉ。お前ぇの元気がねぇってんでたいそう心配してるんだ。なにがあったんだ？」

「別段、わたしはいつもと変わらないつもりでございますが。旦那の思い違いではなかろうかと」

不機嫌な口調である。

秀造は、意固地になってなにも喋らないつもりらしい。

金魚は秀造の様子を観察する。

目の下にうっすらとくまができているのは、最近よく眠れていないからだ。その割りに、髪はきちんと梳《くしけず》っている。着ているものも高級品ではないが洗い晒しの木綿。しかし、右手の中指には墨がついている。

そして、店の旦那にも話せない悩みか――。

金魚はかまをかけてみた。

「秀造さん、おかみさんは？」

秀造はどきっとした顔で金魚を見て、

「まだ独り者で――」

と答えた。

ということは、着物は洗濯屋に出しているか、貸し物屋から借りているかか。

貸し物屋とは今でいうレンタルショップで、鰥夫《やもめ》の多かった江戸では、褌《ふんどし》まで貸していた。それも使いっぱなしで返してもよく、洗濯の手間も省けたのである。

さして色男とも思えない秀造が、髪や身なりに気をつけている。そして『独り者で』と答えた時の表情の動き――。

「あんたが眠れないほど気に掛けている女は誰だい?」

金魚はずばりと言って、灰吹きに灰を落とした。

秀造はぎょっとした顔で金魚を見る。

金魚の推当《おしあて》に馴れている無念と長右衛門は、『ああなるほど』という顔をした。

「心に鬱屈があれば、いい仕事ができないよ」

金魚は煙管に新しい煙草を詰める。

秀造は、金魚に恋しい女のせいで眠れないのだと見破られたせいか、大きく溜息をついた。

「詰まらない話でござんすよ」

「あんたにとっちゃ詰まらない話じゃないだろ」金魚は吸いつけた煙草の煙を吐き出す。

「運悪く、あんたはここでお節介にとっ捕まっちまった。話せ話せと責められればそれも鬱屈となって積み上がる。ますますいい仕事ができない。もう諦めて、全部喋っちまいな。香雅堂の旦那に話されちゃ困るってんなら、なんとでも誤魔化してやるよ。ここで話したことが外に漏れたら、あたしがこいつらをぶん殴ってやる」

金魚の言葉に、秀造は苦笑する。

「そうまで仰るんなら、話を聞いてもらいやしょうかね」

「話せば気が楽になることもある」無念が言う。

「思い詰めてると視野が狭くなっちまうから、おれたちの方がなにかいい策を思いつくかもしれねぇよ」

「へい――。それじゃあ」秀造は思い切るように両手で膝を叩いた。

「そちらの姐《あね》さんが見抜いたとおり、女の話でござんす」

「あたしは鉢野金魚だよ」

「ああ……。推当物の金魚さんでござんしたか。なるほど、それならこちらの胸の内を読み透かされたのも合点《がてん》がいきやす。だけど、本当によくある話でござんすから、金魚さんの戯作のネタにはなりやせんよ」

「いいから話してごらんよ」

「へい――。あっしには惚れ合った娘がござんした。知り合って二年ほどになりやす。そろそろ両親に挨拶をって話をしておりやした。ところが一月前、急に娘の父親から文が来やして。『祝言が決まったから、もう娘には会わないでくれ』と素っ気なく書いてありやした。ね、よくある話でござんしょう？」

秀造は自嘲の笑みを浮かべた。

「娘の名は？」

金魚は訊いた。

「おつゆと申します」

「親父はどんな奴だい」

秀造は金魚の問いに少し逡巡したが、溜息と共に口を開いた。

「山下御門前の呉服屋、越後屋茂左衛門《しげざえもん》さんでございます」

「呉服屋の娘とどうやって知り合ったんだ？」

無念は身を乗り出した。

「貧乏戯作者は知り合ったって相手にはされないよ」

金魚が棘のある口調で言う。

「やかましいやい。知り合ってみなけりゃ分からねぇだろうが」

無念は鼻に皺を寄せて舌を出した。

金魚はぷいっとそっぽを向く。

「知り合ったのは、古い写本の修理でござんす。越後屋さんの先々代が手に入れたという本を修理して欲しいとおつゆが香雅堂へ持ってきたんで」

「越後屋さんのお使いで来たのが出会いだったかい」

無念は渋い顔をする。無念の元に大店《おおだな》の娘が使いで来るなどということは、どう考えてもありそうになかった。

「それで、おつゆさんが輿入《こしい》れする相手ってのは？」

気を取り直して無念が訊く。

「輿入れじゃなくて婿取りでございます」

秀造が答えた。

「なんだい。越後屋には跡取りがいないのかい？」

金魚が訊いた。

「弟の克之助《かつのすけ》さんが長男なんですが、まだ五歳で」

「なるほどね。家を継げるようになるまでは、まだまだ間があるってことかい。それで、婿は誰だい？」

「大伝馬町の呉服屋伊勢屋《いせや》彦兵衛《ひこべえ》さんの息子、清三郎《せいざぶろう》さんでございます」

「なんでぇ。呉服屋同士の縁組みかい。商売の都合で無理やり決めやがったな」

長右衛門はしかめっ面をする。

「商売のために娘を使おうなんて許せないね」

金魚は眉間に皺を寄せる。

金魚は家族が食っていくために身売りをさせられた。自分が女郎にならなければ、家族は金魚もろともに餓《かつ》え死にしていたろう。

世の中には、どうしようもないことがある。

誰かが犠牲にならなければ生きていけないという現状は、どこにでも転がっている。

「よくある話だな」無念が溜息をつく。

「こいつはもう、秀造が諦めるほかしょうがねぇな」

金魚が口を開こうとした時、秀造が無念に非難の声を上げた。

「だから、諦めようとしてたんじゃないですか！　それを無理やり訊き出して傷口を広げたくせに、諦めるほかねぇとは、あんまり無責任じゃございませんか！」

無念と長右衛門がばつの悪そうな顔で黙り込む。

「なんとかしようじゃないか」金魚は静かに言った。

「無責任に放っぽり出すことはできないよ」

「やめとけ、やめとけ」長右衛門が顔の前で手を振った。

「他人《ひと》さまの家のことに首を突っ込むんじゃねぇよ」

「頼りにされたんだ。やるだけのことをやってやらなければ、申しわけが立たないだろ」

「いや——」秀造は弱々しく首を振る。

「別に頼りにしたわけじゃございませんよ。どうしようもねぇことは、どうしようもねぇんでございますから」

「違うね」金魚は立ち上がった。

「どうしようもないことってのは、別にある。この件はなにか活路があるさ」

「どうしようってんだ？」

無念が眉をひそめて金魚を見上げる。

「秀造さんの話だけじゃ策の立てようがない。貫兵衛《かんべえ》と又蔵《またぞう》に、ちょいと越後屋とおつゆさんのことを調べてもらうよ」

「貫兵衛や又蔵だって暇じゃねぇんだぜ。読売作りがあらぁ」

長右衛門は首を振った。

「なに言ってやがるんだい！　元はといえば、大旦那が乗った相談じゃないか！　貫兵衛と又蔵が走り回っている間の食い扶持は、大旦那がなんとかしな！」

金魚の剣幕に、長右衛門は身を縮めた。

「香雅堂の旦那には『秀造の鬱屈を解くにはちょいと時がかかりそうだが、しばらくの間黙って見ていてくれ』と伝えな。それから秀造さん。辛いだろうけどあんたは、無理をしてちょっとだけ元気を出しな。職人なら、心の揺れに仕事の出来を左右されちゃいけないよ」

金魚はそう言うと、離れを出た。


秀造は薬楽堂を出ると、とぼとぼと香雅堂への道を辿る。通油町から本石町一丁目まではおよそ十町（約一・〇九キロ）。急げばあっという間の道程である。

しかし、すぐには戻りたくない。

本能寺無念は『話せば気が楽になることもある』と言ったが、ちっとも気は楽にならない。

鉢野金魚は、『話せ話せと責められればそれも鬱屈となって積み上がる』と言った。
確かにそのとおりで、秀造の心は重い。話してしまったのに、重さは変わらない――。
いや、自分の秘密を他人が知ってしまったという重さが加わって、全身が鉛でできて
いるみたいになっている。
金魚はこうも言った。
『どうしようもないことってのは、別にある。この件はなにか活路があるさ』
しかし、秀造には、活路があるようには思えない。
秀造は深い溜息をつく。
胸は、中になにかを詰め込まれたように重い。そして、じりじりと熱く痛む。その
熱が湯気を出して、胸一杯に広がり、息苦しくなる。だから、その圧力を減らすため
に、頻繁に溜息が出る。
いっそ、つゆを諦めれば楽になるのにと思う。
早く婿を取ればいいのに――。
という思いが浮かんではっとする。
その思いを押しのけるように、つゆの面影が膨らんでいく。
優しく、気だてがよく、大店のお嬢さんとして育ったのに、我が儘一つ言わない。
秀造が給金を溜めて買った、安物の櫛や簪を喜んでくれる。
『あたしは絶対、秀造さんのおかみさんになる。ほかのところになんかお嫁に行きや

しないわ』

きらきらと目を輝かせて言ったつゆが愛しい。

だが、そんな人を、お前は幸せにできるのかい――。

新しく浮かび上がる思いが秀造を苦しめる。

職人の女房になるよりも、大店のお内儀に収まった方が、貧乏に苦しむこともないんだぜ――。

「切ねぇな……」

呟くと悔しくて涙が出そうになる。

自分はこの世の中で一番不幸だという気持ちになり、苦笑する。

女々しい自分が嫌になる。

帰り道で一番大きな溜息をついて顔を上げると、香雅堂の暖簾がすぐ側にあった。

風に翻った暖簾の向こう、板敷に座っていた主《あるじ》の三右衛門と目が合った。

秀造は慌てて頭を下げ、裏口に向かう。

「秀造、秀造」

三右衛門が板敷を下り、外に飛び出して来た。

「どうだった？」

秀造の前に回り込んだ三右衛門の顔は、期待に満ちた笑顔であったが――。すぐにその表情は曇った。

「薬楽堂の方々が、色々と考えてくださるそうで」

秀造は無理やり笑顔を作った。

「そうかい。それはよかった……」

三右衛門は曖昧な笑みを浮かべた。

二

北野貫兵衛の住まいは橘町。薬楽堂のある通油町から少し行った汐見橋を渡ってすぐであった。そちらの方へ歩きかけ、金魚は立ち止まった。

南伝馬町の、行きつけの呉服屋を思い出したからである。主は金魚の戯作を贔屓《ひいき》にしてくれているから、上手く持ちかければ同業者の越後屋の情報をなにか話してくれるかもしれない。

南伝馬町は、日本橋の南、京橋まで真っ直ぐ続く通りにある。橘町とは反対方向である。まずはそちらを当たり、得た情報を元に貫兵衛と又蔵に頼んだ方がいい。

金魚は橋の手前で向きを変え、西へ向かった。

金魚の行きつけの呉服屋は元屋《もとや》という。南伝馬町三丁目。京橋の北詰にあった。

元屋はけっこうな大店で、畳敷きの見世（売り場）は北と南に分かれ、それぞれに五つの帳場があり、番頭や手代が大勢の客の相手をしていた。

「ごめんなさいよ」

　金魚が庇下通路と呼ばれる三和土《たたき》に入ると、ちょうど客との話を終えた主の留右衛《とめえ》門《もん》が「これは金魚さま」と、相好《そうごう》を崩して歩み寄って来た。

「ごめんなさいよ、留右衛門さん。今日は着物を見に来たんじゃないんだよ」そこで金魚は声をひそめる。

「戯作のネタを拾いにね」

「ああ。左様でございますか」

　留右衛門は嬉しそうに言うと、金魚を見世の脇の大路地に導いて、二階に上がる階段に誘《いざな》った。

　二階には客を接待する大広間や大番頭の部屋などが並んでいる。

　留右衛門は奥まった商談用の小部屋に金魚を招き入れた。

　二人が座るとすぐに、「失礼いたします」と襖の向こうから声がした。留右衛門が「お入り」と言うと、襖が開き、女中が茶と茶菓子、煙草盆を持って現れた。

　さすがに大店の女中である。留右衛門は誰にも命じなかったのに、金魚を二階に連れて上がるのを見て、即座に茶の用意をしたのであろう。

　女中は盆の上の物を置くとすぐに座敷を出た。

「それで、どのようなネタがお入り用で？　大店に押し込みが入るとか、蔵の中で主の死骸が見つかるとか――」

留右衛門は揉み手をしながら身を乗り出す。

「元屋さんのところには商売仲間の噂話もたくさん入って来るでしょうねぇ」

「それはもう。仲間の動きを探るのも、商売繁盛の秘訣でございますからな。いい噂も悪い噂も色々と――。ということは、次に書くのは実録物で？」

「まぁそんなところだけど――。ああ、実名では書かないから安心しておくんなさいな」

「どこのお店《たな》の話をいたしましょうか？」

「山下御門前の越後屋さん」

「ほほう」留右衛門は目を見開く。

「慧眼でございますな」

「なにか焦臭《きなくさ》いことがあるのかい？」

「初めは仲間内の噂でございました。近頃、越後屋さんの娘、おつゆさんの姿が見えないなぁと。確かにそう言われればと指折り数えてみると、かれこれ半月近く、町でも、店に出かけた時も、おつゆさんの姿を見ていない。よくお使いにも出ていたのに、もしかしたら悪い病気にでも罹《かか》っているのではないかと心配になりまして、越後屋さんに出かけてみました」

留右衛門はそこで言葉を切り、茶で口を濡らす。

金魚は銀延べ煙管を吸いつけた。

「——そして、『近くまで来たので寄ってみた』と言って店に上がり、しばらくは世間話をしていたのでございます。頃合いを見計らって『ところで、最近、おつゆさんの姿を見かけないが、元気でいるのかい』と訊ねました」

「越後屋はなんて答えた？」

「はい。体を壊して草津に湯治《とうじ》に出かけていると」

「本当だと？」

「はい。こちらが問うた時に顔が曇りましたので、ああ、これは本当に病なのだと思いましたが——。ところが、妙なところから妙な話が聞こえて参りました」

「妙なところ？」

「はい。うちに出入りしている大工でございます。台所の改築を頼んでいたのでございますが、その大工の一人が『越後屋さんで座敷牢を作った』と」

「座敷牢かい——」

金魚はもわりと煙を吐き出す。

「はい。それを聞きつけた棟梁が烈火の如く怒りまして。『余計なことをべらべら喋るんじゃねぇ！』と、その大工を怒鳴りつけまして。わたしに『今の話は聞かなかったことにしてくだせぇ』と手を合わせて頼みます。『座敷牢なんて穏やかじゃない』と、色々聞き出そうとしたんでございますが、棟梁は『ご勘弁願います』と言うばかりで、詳しい話は聞けませんでした」

「留右衛門さんは、その座敷牢におつゆさんが閉じ込められているんじゃないかと考えたんでございますね?」

「はい」留右衛門は眉を八の字にした。

「なにやらおつゆさんには心に決めた人がいるのに、越後屋さんが無理に大伝馬町の伊勢屋さんのところの清三郎さんとの婚儀を進めているという話も聞こえておりましたから、もしかしたら、おつゆさんは悩んだ挙げ句に気でも触れたのではなかろうかと——」

「駆け落ちをされないようにと座敷牢に閉じ込めているってことも考えられますねぇ」

「いえ——」留右衛門はちょっと恥ずかしそうな顔をする。

「心配半分、興《きょう》(好奇心)半分で、それとなく越後屋さんの周辺を聞き込んでみたんでございますが——。気味の悪い話がございました」

「気味の悪い——?」

「はい。山下御門前の辺りで、夜になると時々奇妙な声が聞こえてくるというのでございます。『けーん』とか『こーん』と聞こえるから狐かとも思ったが、犬の鳴き声にも似ていると申します。また、女の叫び声のようにも聞こえると言う者もございました」

「女の叫び声だったら、番所に知らせたのでは?」

「知らせた者もいたそうでございます。ところが、その辺りを廻っている同心が『調べたが、些細なことであったから、あまり騒がぬように』と火消しをしたようで」

「なるほど。越後屋さんが袖の下を使いましたか」

「そのようで――。で、金魚さんはどう推当てます？」

「今の話をそっくり信じれば、おつゆさんは狐憑《きつねつ》きになって座敷牢に閉じ込められたと解けますねぇ」

「なにか裏があると？」

「裏ってほどじゃございませんが、あたしは狐狸妖怪《こりようかい》の類いを信じちゃおりませんのでねぇ。おつゆさんは気が触れて狐に憑かれたと思い込んでいるってのが当たりじゃございませんかねぇ」

「なるほど。いずれにしても気の毒でございます」

「おつゆさんの世話は誰がしているんでございましょうかね」

「元気な頃は、おたきという小女がしておりました。目端の利く娘でございましたから、今でも同じではございますまいか」

「そのほかに、越後屋さんとおつゆさんについてなにかご存じではございませんか？」

「さて――。なにか思い出したならば、お知らせいたしましょう。浅草福井町の方へ？　それとも薬楽堂の方がよろしゅうございましょうか？」

「ありがとうございます。戯作を書いている時は居留守を使うこともございますから、薬楽堂の方へ文を預けていただければ」

「承知いたしました。戯作になさるんなら、お書きの梶原椎葉《かじわらしいば》のように、金魚さんが見事にこの件を解決なさるんでございましょうね。修《ず》法師《ほうし》の力を借りずに憑き物落としをしてみせるとか」

「現実は戯作のようには参りませんが――」金魚は苦笑して冷めた茶を啜った。

「なんとか丸く収まるよう、努めますよ」

「戯作が出来上がるのが楽しみでございますな」

留右衛門はにこにこと笑いながら肯いた。


金魚は道を引き返し、橘町の貫兵衛の家に向かった。

貫兵衛と又蔵は明日の読売を摺っている最中で、「調べをしている間の食い扶持、飲み代はすべて長右衛門が持つ」と言うと、

「喜んで手伝うぜ」

と、貫兵衛は又蔵が摺り上げた読売を、座敷に張り巡らした紐に吊しながら答えた。

三

翌朝、金魚が薬楽堂を訪ねると、無念と長右衛門はまだ素人戯作試合の応募作を読んでいた。しかし、脇に積んだ草稿はだいぶ少なくなっており、二人の表情も少し柔らかくなっていた。

雨がしとしとと降り続けている。

金魚は薄い水色の行儀鮫《ぎょうぎざめ》の着物。縁側に煙草盆を持って来て、柱に背を持たせかけ帯に差した煙草入れを取る。今日の叺《かます》は淡い橙《だいだい》の盉革《すかわ》で、翡翠《ひすい》と琥珀《こはく》で椎《しい》若葉と椎落ち葉を表した前金具。煙管入れは叺と共革である。

「ほっとしたような顔をしてるけど、締め切りまで間がないだろ。駆け込みがあるんじゃないのかい？」

金魚はにやにや笑いながら煙管を吸いつける。

「だから、溜まったやつを早くやっつけようとしてるんだよ」

長右衛門が読み終えた草稿を×印の行李に放り込んだ。

「文を添えた投稿もあるんだぜ」

無念が草稿を読みながら、手探りで脇に置いた紙片を取り上げる。

金魚はそれを受け取って目を通す。

天ぷらの屋台を生業とする男の文であった。朝から暗くなるまで屋台を担ぎ、使える時間が無い中、一所懸命書いたのでよろしくというような内容であった。

「気持ちは分からないでもないけど、素人戯作者は誰でも忙しい中、なんとか暇を見つけて書いてるんだ。こんな文を添えたって詮《せん》ないことだって気がつかないかね」

金魚は無念に文を返す。無念はそれを草稿に挟み込んだ。

「中には文の方がずっと面白いってのもあるぜ」

「まぁ、玄人でも序文が一番盛り上がって、中身は尻窄《しりすぼ》みって作もあるけどね」

金魚が言うと、長右衛門が無念を見て、

「そういやぁ、お前ぇの作でもそういう評判が立って売れなかったのがあったな」

と笑う。

「よしやがれ。せっかく忘れてたのによ」

と無念が渋い顔をした時、中庭に又蔵が現れた。

「おはようございやす」

一礼して又蔵は縁側に歩み寄り、金魚の側に腰を下ろした。

「越後屋の小女、おたきから話を聞いてきやしたぜ」

「あれ、昨日の今日じゃないか。ずいぶん早かったたね」

「へへっ。小娘の扱いには馴れてまさぁ」

又蔵はにやりと笑う。

「どうやるんでぇ」言いながら無念が縁側に出て来る。

「その小娘の扱いってのを教えてもらおうじゃねぇか」

言いながらあぐらをかき、煙草盆を持ち上げて煙管を吸いつけた。

金魚がその膝をぴしゃりと叩く。

「又蔵は口説き指南に来たんじゃないよ——。で、どんな話を聞けた？」

「へい。やはり、狐憑きのようで」

又蔵がそう言った時、通り土間の方から清之助の声が聞こえた。

「お客さん、そっちに入っちゃいけません！」

金魚たちは通り土間の出口に目を向けた。

早足で女が現れ、その後ろから慌てたように清之助が追ってくる。

皺だらけの縞の着物を着た、二十代後半に見える女である。黒繻子《くろしゅす》の襟がてかっているのは、新しいのではなく垢で汚れているもののようであった。髪は島田に結っていたがだいぶ乱れている。面長でこころもち受け口。化粧っ気はまったくない。服装こそ物乞いよりは少しましという程度であったが、大きな目は知性に溢れ、きらきらと輝いている。

女は、小脇に半紙大の薄い油紙の包みを抱え、破れた番傘を開いて中庭に入ってきた。

「狐憑きだって？　面白そうじゃないか」

言いながら縁側の前に立った。

「お客さん、駄目ですって」

清之助が女の袖を引っ張る。

女はその手を振り払い、にこにこした顔を金魚に向ける。

「あんたが鉢野金魚先生だね？」

金魚が何者か問おうとした時、長右衛門が声を上げた。

「応為《おうい》先生じゃござんせんか」

と言いながら縁側に出て来る。

「おうい先生？」

金魚は女の顔を見上げる。次いで脇に抱えた半紙大の薄い包みを見て、その正体に気づいた。

金魚はぷっと吹き出す。

長右衛門に応為と呼ばれた女は頬を膨らませた。

「なにがおかしいんだい」

「いえね。噂ほど顎は長くないと思ってさ」

金魚はくすくす笑う。

「ありゃあうちの爺ぃが悪いんだよ。言われなきゃ気がつかないくらいの人の欠点を誇大に言うもんだから、みんなあたしの顎は引きずるくらい長いって思いやがる」

女の愚痴を聞きながら、無念が金魚の袖を引き、小声で訊いた。

「どなたさんだい？」

「葛飾《かつしか》応為先生だよ」

金魚は答えた。

「えっ？」無念は目を丸くして女を見る。

「為一《いいつ》先生の娘の？」

為一先生とは、葛飾北斎《ほくさい》のことである。改号することの多かった彼はこの頃、為一と名乗っていた。

為一先生の娘とは葛飾応為。本名を栄《えい》という。美人画の腕前は父を越えるとのもっぱらの評判で、女ではあったが枕絵の注文も受けているという。身なりにも食い物にも頓着せず、性格は男勝り。料理、掃除、片づけは大の苦手で、為一と応為の家はいつも散らかり放題だと聞こえていた。以前、長右衛門が、『応為の絵で金魚に艶本を書かせるか』と言っていたことを無念は思い出した。

「本気で艶本を書かせるつもりで呼んだかい？」

無念は長右衛門を見る。

「違うよ」長右衛門は顔の前で手を振った。

「戯作試合の応募作を読むのに手一杯で、艶本のことなんかすっかり忘れてた――。それで、応為先生、今日はなんの御用で？」

「その応為先生ってのはやめてもらえないかねぇ」応為は眉をひそめる。「うちの爺ぃがつけた画号だ。うちでは『おうい、おうい』と呼ぶから応為だなんてふざけてやがるだろう。栄と呼んでおくれ。かたっ苦しい言葉遣いも苦手だ」

その言葉を聞き、無念と長右衛門がひそひそと囁き合う。

「なんで薬楽堂には、こういう手合の女ばっかり集まるんでぇ？」

「知らねぇよ。金魚が引き寄せるんだろう」

「いや、おれは大旦那のせいだと思うね。真葛婆ぁは大旦那の幼なじみだし、おけいちゃんは孫じゃねぇか――」

無念と長右衛門のやりとりは無視して、金魚があらためて訊く。

「それならお栄さんと呼ぼうかね――。どうして薬楽堂へ？」

「売り込みに来たんだが――。そんなことより、狐憑きの話だよ。あたしにも聞かせてくれ」

栄は縁側に腰を下ろした。

清之助は栄が〝怪しい女〟ではないことが分かり、安心したように一礼して店に戻った。

「売り込みって、うちで錦絵を描いてくださるんで？」

長右衛門は揉み手をしながら下卑た笑みを浮かべる。

「鉢野金魚先生の本の挿し絵を描かせてもらいたいんだよ。金魚先生の絵には、男の絵描きの絵より、あたしの絵の方が似合う」

「それは、なんとも嬉しいお話だけど、あたしもざっかけない言葉で話しているんだから、そっちも金魚先生はやめようよ」

金魚が言う。

「そうだな。それでは金魚さん。仕事の話は後回しにして、狐憑きの話を聞きたい」

栄は急かすように又蔵を見る。

「しかし――」無念が言う。

「ここで話していたのをよく通り土間で聞き取れたな」

「あたしゃ、地獄耳なんだよ」

栄は両耳の後ろに掌を立ててぱたぱたと動かしてみせる。

「話しちまっていいんで？」

又蔵は金魚たちを見回す。

「いいよ」金魚は言った。

「お栄さんは黙ってて欲しいってお願いすりゃあ他言するお方じゃないさ。ねぇ？」

「もちろんさ」

栄は肯いた。

「それじゃあ――」

と、又蔵は語り出した。

「おつゆは大伝馬町の呉服屋の息子との縁組みが持ち上がった頃からおかしくなったんだそうで。食が細くなり、言葉が少なくなって、どこを見ているのか分からない目つきになってきた。祝言の日どりも決まったというのに、変な噂が立ってもまずいと、越後屋は座敷牢を作っておつゆを閉じ込め、高名な医者を密かに呼んで治療を続けていたって話です」

「狐憑きじゃないじゃないか」

栄が不満そうに言う。

「その話はこれからで――。座敷牢に閉じ込められてから、牢の中を四つん這いで歩き回ったり、飛び跳ねたり、狐のように鳴いたりするようになったんでござんす」

「なるほど」

栄は腕組みして面白そうに肯いた。

「その手の話、信じる口かい?」

金魚が訊く。

「あった方が世の中面白いと思わないかい?」

栄は微笑みながら金魚を見た。

「新手の登場だぜ」無念が言う。

「金魚は頭っから信じてねぇし、真葛婆ぁは信じてる。おけいちゃんは自分で見たことがないものは判断しねぇっていう」

「こりゃあ四人集まれば、議論百出だな」

長右衛門は口をへの字に曲げた。

「四人なんだから四出だろ」金魚は混ぜっ返し、又蔵に訊く。

「言ったり跳んだり、吠えたりのほかにはなにかするのかい？」

「油揚げをよく食うようになったそうで」

「定番だね」

金魚は笑った。

「それから舞《まい》を」

「舞を舞うのかい？」

栄が身を乗り出した。

「へい。一度だけだそうでござんすが。おたきは牢の外で寝起きしているんだそうでござんすが、ある晩、衣擦れの音で目覚めると、窓からはいる月明かりの中で、おつゆが舞ってたということでござんす。とても妖しく美しい舞だったってことで」

「月下狐《げっかきつね》の舞――」

栄は呟き目を細め、宙を見つめた。そして、ゆっくりと目を閉じ、恍惚とした表情を浮かべる。

金魚たちは何事かと栄に顔を向ける。

「金魚さん。見えないかい？」

栄は吐息のような声で言った。

きっと栄は、つゆが狐の舞を舞っているところを想像しているのだと思った。

金魚も真似をして目を閉じる。

「座敷牢の畳に、青白い月光が差している――」金魚は呟く。

「窓にも格子がはめられているから、畳には黒々とその影が落ちている。おつゆは白い打掛を羽織り、祈るように月を見ている。両手を軽く握り、狐の当て振りをして――」

金魚も手を狐のように曲げる。

「こん」

金魚は狐の鳴き声を真似る。

すると、栄もまた狐の真似をして、

「こん」

と鳴く。

無念は顔色を青ざめさせ、

「お前ぇたち……、なにをやってるんでぇ？」

と震える声を上げる。

長右衛門も又蔵も顔を強張らせている。

「こん　こん」

「こん　こん」

金魚と栄は体を左右に揺らしながら狐の当て振りを続ける。

「おいっ！　しっかりしやがれ！」

無念が金魚の手首を握る。

金魚の目がぱっと開く。

「無粋な奴だねぇ」金魚は舌打ちした。

「せっかく空想に浸ってたのに。お前もあるだろう？　戯作を書いている時、その中の人物になりきって動いてみたり、その表情をしてみたりすること」

「そりゃあ、あるけどよう……」

無念が言うと、又蔵が、

「えっ？　戯作を書きながらそんなことしているんでござんすか？」

と驚いた顔をする。

「絵だって同じさ」栄は手を下ろして座り直す。

「描いているもんと一緒の格好をしてみて、筋の動きや節々の曲がりを確認する——。金魚さん。あたしらは、同《おんな》じもんが見えてたかね」

「さて、すっかり同じかどうかは分からないけど、ぞっとするくらい綺麗なものは見えてたと思うよ」

金魚は粟立った自分の頬を撫でながら、鳥肌の立つ腕を擦る栄に微笑んだ。

「あたしら、いい相方になりそうだね」

栄は、傍らに置いていた油紙の包みを開いた。彩色された絵が現れた。

夜の景色である。若い娘が灯籠の明かりで文を読んでいる絵であった。娘の顔は微笑しているかのように見えるから、きっと恋文であろうと金魚は思った。

ぼかしによって夜の闇と灯籠に照らされた部分の陰影がしっかり描かれており、まるで近くに立って娘の様子を覗き見ているかのような臨場感があった。

「軸の下図で描いたものだけど、あたしは一番気に入っているんだ」

栄は言った。

「オランダの絵を見たことがあるけど、手本にしたかい?」

金魚は絵を見つめたまま訊く。

「ああ。日本の絵は平板でいけない。あたしは肉の丸みや、皺のでこぼこをしっかり描きたいのさ。昼間の絵だとなかなかそれが出せないけど、夜の景色の中に人を立たせれば、光と影を際立たせることができる」

「いいねぇ」

金魚は溜息をついて言う。

この筆致で月光の中、狐の舞を舞うつゆの姿を描いたら、どんなに美しいだろうと思った。

金魚はすっかり栄の絵を気に入ってしまった。

た。


「こういうのも描けるよ」

栄は恋文を読む娘の絵をめくる。

下からは線描の絵が現れた。

奥に花魁《おいらん》と若い男が座り、甲螺髷の女と対峙している。甲螺髷の女は後ろ姿であった。

「あっ」金魚は声を上げる。

「これはあたしの【師走《しわす》の吉原《よしわら》　天狗《てんぐ》の悪戯《いたずら》】の一場面だね？　でも梶原椎葉は島田で、甲螺髷じゃないよ」

「梶原椎葉はきっと金魚さんの写し身だと思ってね。金魚さんは甲螺髷だって聞いたから、悪戯で描いてみたのさ」

栄は言った。

金魚はもしかしたらと思い、残りの絵も次々にめくる。

二十枚ほどの絵はすべて、金魚の戯作の一場面であった。栄なりの解釈が入っているようで、金魚が書いたものとは少し違う絵もあったが、それはそれで一枚の絵として綺麗にまとまっていた。

「うーん」

と無念は唸る。

いつの間にか無念と長右衛門も顔を寄せて絵を眺めている。

長右衛門が恋文を読む娘の絵を取り上げる。

「しかし、版でこれを再現するのは骨だぜ。三十回は重ねなきゃならねぇだろうな」

「やりゃあいいじゃねぇか」無念は腕組みしながら言う。

「こういう絵を表紙に使やぁ売れるぜ」

「本は表紙で売るもんじゃないだろう」

栄が言う。

「いや」金魚は首を振った。

「あたしの戯作を読んだことがある奴は、あたしの名前で買ってくれることもある。まぁ、あたしの名前があれば絶対に買わない奴もいるだろうけどね――。だが、読んだこともない奴は、まず表紙を見て手に取る。表紙ってのは大切なんだよ」

「ふーん。そういうものなのか。それで、あたしの絵、使ってくれるかい？」

栄は金魚を見た。

「うん。あんたに描いて欲しい」

金魚も栄を見返す。

「使うか使わないか決めるのはおれだ」

長右衛門がぶすっとした顔で言う。

「画料はそっちの言い値でいいよ」

栄は身を乗り出す。

「だめだめ」金魚は首を振る。

「安売りしちゃだめだよ。ほかの版元に薬楽堂で安い仕事をしたと知れりゃあ、そっちも安くしろって言ってくるに決まってる」

「なら、高くやったことにすればいい。とにかく、あたしは金魚さんの戯作の挿し絵を描きたいんだよ」

「葛飾応為が惚れた戯作者か――」長右衛門はにんまりと笑う。

「こりゃあいい売りになるな」

「よし、決まった」栄はぽんと膝を叩いた。

「それじゃあ、狐憑きの話に戻ろう」

「狐憑きの話に戻るって……」

無念が怪訝な顔をする。

「おつゆって娘に会いに行くんだろ？　あたしも連れて行っておくれ。狐の舞を見てみたい」

「いやいや」無念が言った。

「行って、舞ってみろって言ったって、やるかどうか分からねぇぜ」

「ならば、舞うまで通う」

「舞を見る前に、狐憑きの件は解決するかもしれないよ」

金魚が言った。

「お祓いでもするのか？」

栄が訊く。

「狐憑きなんてあるはずはない。とすれば、おつゆは気が触れたか、狐憑きを演じているかだ。もし気が触れたんなら、医者の仕事だし、狐憑きを演じているんなら、演じなくてすむようにしてやればいい」

「なるほど」栄は大きく肯いた。

「で、金魚さんはどっちだと思うんだい？」

「十中八九、狐憑きを演じている」

「それなら、狐の舞だって狐憑きの芝居の一つ。解決した後に頼めば舞ってくれるだろ」

「なるほど」

金魚は笑った。

「それに――」栄は険しい顔をする。

「気に染まねぇ縁組みくらいで狐憑きの芝居を打つなんて甘ったれている。一発、どやしつけてやる」

「どやしつけなきゃならないのは親父の方だろう」金魚は言った。

「女を商売の道具に使おうとしてるんだからね」

「そんなことは世の中にごろごろあるよ。そういう世の中で女は生きていかなきゃならないんだ。自分の意地を通すなり、親の言いつけどおりにするなり、はっきりしやがれって言ってやるんだよ」

　栄は鼻息が荒い。

「意地を通して生きていくための芝居なんだよ」

　金魚の言葉に、栄ははっとしたような顔をした。

「お栄さん。世の中、あんたみたいに強い女ばかりじゃないんだよ。大店のお嬢さんで育ってきたおつゆにとっちゃ、一世一代の大芝居だったんじゃないかねぇ」

「うん……。なるほど」栄はばつの悪そうな顔になった。

「しかし、おつゆはこの後、どうしようとしているんだろう」

「素人戯作者は──」無念は飽きるほど読んだ戯作試合の草稿を思い出して言う。

「起承までは書けても上手い転結を思いつけねぇ奴が多い。戯作者を志してる奴だってそうなんだから、まったくの素人が考える筋なんてそんなもんさ。おつゆは結まで考えずに狐憑きの芝居って転に飛びついちまったんじゃないのかい」

「おそらく無念の言うとおりだ」金魚が言う。

「きっと、おつゆは『いつまで芝居を続ければいいんだろう』って途方にくれているよ」

「おいおい」長右衛門が口を挟む。

「狐憑きが芝居だってぇのは金魚の推当だろうが。もしかしたら本当に狐憑きかもしれねぇし、病かもしれねぇじゃねぇか」

「だから、それを確かめるんだよ。医者を世話してやるか、お節介を焼いてやるかは、確かめた後で決めるさ――。又蔵。もう少しこっちにつき合っておくれ」

「へい――。なにをやりゃあいいんで？」

金魚は又蔵に手招きする。

近寄った又蔵に、金魚は耳打ちした。

盗み聞きしようと顔を近づけた無念に、金魚はさっと手を伸ばしてその額をぱちりと爪で弾いた。


どうしてもついて行きたいと中庭まで下りた無念は、長右衛門に耳を引っ張られて離れに戻った。

「ここんところ、部屋に閉じ籠もりっぱなしなんだよ！　少しは活躍させてもらえねぇと、影が薄くなっちまうじゃねぇか」

無念の叫びが聞こえる。

「誰がお前ぇの影なんか気にするよ！」

長右衛門が返す。

「金魚が真葛やおけいちゃんばっかりと遊んでるじゃねぇか。今度はお栄なんて奴が現れるし！」

「遊びたかったら、筆を早くしな！　お前ぇがさっさと新作を脱稿すれば、好きなだけ遊ばせてやらぁ！」

金魚と栄、又蔵は笑いながら薬楽堂を後にした。

四

金魚たちは本石町の通りを外堀まで進み、そのまま外堀沿いの道を進んで、一石橋、比丘尼橋を渡った。数寄屋河岸を過ぎて山下御門前の山下町に入ると、すぐに越後屋の看板が目に入った。

道すがらこれからの作戦を伝えられた又蔵は、金魚と栄に目礼すると路地に潜り込んだ。

金魚と栄が店に入ると、まず手代らの目が栄に集まった。

大店の呉服屋には場違いな見窄《みすぼ》らしい服装をしていたからである。しかし、一緒に入ってきた金魚のいでたち、特に腰差しの煙草入れは一見して高価なものと分かり、店の者たちはその不釣り合いな二人組に、ちらちらと好奇の視線を送った。

店の畳の上で反物を見る客たちも栄に気づき、眉をひそめる。

栄はそんな悪意ある視線にも気づかずに、物珍しそうに店内を見回している。

金魚は近づいて来た手代に、

「おつゆさんのことで、ちょいと話があるんだが、旦那はご在宅かい？」

と、小声で言った。

「おつゆさまのことで、でございますか……。少々お待ちくださいませ」

手代は言うと、店の中にずらりと並んだ帳場の一つに歩み寄って、番頭に耳打ちする。

番頭は、一瞬鋭い目つきを金魚に向けたが、すぐに柔和な顔になって、庇下通路に立つ金魚たちに歩み寄った。

「どのようなご用件でございましょう？」

「ここで話しちまってもいいのかい？　座敷牢って言えば、こっちがどこまで知っているのかお分かりですね？」

金魚が言うと、番頭の表情が凍った。

「強請《ゆす》りたかりをしようってんじゃないんですよ。あたしらは、おつゆさんに会わせて欲しいだけなんでございます。そう言って旦那にとりついでおくんなさいな」

「それではこちらへ」

番頭はそう言うと、大路地脇の階段へ向かった。

案内された二階の小部屋で、金魚と栄はしばらく待たされた。

「用が済んだら、布地を見せてもらえないかなぁ」

栄が言った。

「あれ、お栄さん、着物にも興味があるのかい？」

金魚はからかうように言う。

「当たり前だよ。これでも――」

金魚は『これでも女だ』という言葉を予想していたのだが――。

「絵描きだよ。流行《はやり》の柄なんかを頭に入れておかなきゃ、商売にならない」

「自分で流行の柄を着たいとは思わないのかい？」

「ばかばかしい。着物なんてものは裸を隠すとか、寒さを凌ぐとか、その程度でいいんだよ。夏場なんか腰巻き一枚でうろちょろしてるよ」

「高名な絵描きさんなんだから、もう少しましな格好をしていた方がいいよ」

金魚は呆れ顔で言う。

「高名な絵描きさんの娘さ」栄は自嘲の笑みを浮かべる。

「だけど、町を歩いたってあたしの顔を知っている奴はいない。どんな格好をしていても構わないさ」

「隣近所の目ってのもあるだろう」

「隣近所の奴らは、あたしがこんなだってことを知っている。なにも着飾る必要はないね――。金魚さんは、いっつもお洒落をしているのか？」

「ああ。おかげさまで衣装持ちだからねぇ。とっかえひっかえ着替えてるよ」

「なんで？」

栄は不思議そうな顔をする。

「お洒落をしている自分が好きなんだよ。それに、綺麗にしていれば男たちがちやほやしてくれる」

「そうか――」

栄は腕組みをして、真剣な顔でなにか考え込む。

「あたしは、絵を描くことが大好きだけど、絵を描いている自分が好きかどうかは分からない。ひもじければ集中して絵が描けないから飯を食うし、眠ければ感覚が鈍って筆先がいい加減になるから寝る。暑ければ裸で絵を描くし、寒ければそこら中にある着物を着こんで描く。手がかじかめば上手く筆を動かせないから炭を熾《おこ》す――。考えてみれば、あたしの暮らしは絵を描くことを中心に回ってるな」

「あたしは戯作を書くことが大好きだけど、そこまでじゃないねぇ。っていうか、色々な遊びをすることで、ネタを思いつく」

「それじゃああたしと同じだよ。あたしも絵のネタを探してあちこち歩き回るよ」

その時、廊下に足音がして、からりと襖が開いた。四十絡みの仏頂面をした男が入って来て、二人の前に座る。越後屋茂左衛門であった。

「どこで聞いた？」

不機嫌な口調で茂左衛門は言った。

「座敷牢に娘を閉じ込めていることを、でござんすか？」

金魚は笑みを浮かべて訊き返す。

「好きで閉じ込めているんじゃない！」

「狐憑きだから仕方なくと言いたいんだろ？」

栄が訊く。

茂左衛門は歯がみして栄を睨む。

「だから、どこから聞いた？」

「あたしは戯作者をしておりましてね。色々なネタが色々なところから入って来るんでございますよ」

「戯作者――。ということは、秀造の関わりで本屋の筋から聞いたか？」

「秀造――」金魚は惚《とぼ》けた顔をする。

「おつゆさんと惚れ合った男は秀造というんですか。本屋の筋というと、秀造は本屋に関わりのある男ということでございますね？」

金魚には既知のことであったが、茂左衛門は『しまった』という顔をする。

「話の出所はどうでもいいんでございますよ。あたしらは、おつゆさんと話がしてみたい。ただそれだけの用でお邪魔いたしました。いかがでございましょうね。おつゆさんに会わせていただけませんかねぇ」

「会ったところで、おつゆは話ができる状態じゃない。狐憑きには人の言葉は通じない」

「それなら越後屋さんも狐憑きでござんすね。おつゆさんの、思い人がいるという言葉が通じなかったんだから」

金魚は厳しい口調で言った。

茂左衛門は目を逸らし苦しげな表情になった。

「会ってみれば、お力になれるやもしれません。このままでは越後屋さんもおつゆさんも苦しみが続くばかりでございましょう？」

「わたしは苦しいが、おつゆは苦しいかどうかも分かっていないだろう……」

「いい医者なり、いい修法師なりをご紹介もできます」

「医者にも診《み》せたし加持祈禱もやってみたが効果はなかった」

「おつゆさんを殺したいと思ったことはないかい？」

栄が訊いた。

茂左衛門はぎょっとした顔で栄を見た。

「一度でも殺したいと思ったことがあるならば、これから先、頻繁に殺意に悩まされることになるよ。そしてついには娘を殺し、自分も後を追う——。心中騒ぎを起こせば、越後屋もおしまいだね」

栄の言葉に茂左衛門は畳に目を落とし、膝の上で強く拳を握った。

「観念なさった方がようございますよ。おつゆさんに会わせていただけるんなら、悪いようにはいたしません。だけど、どうしても会わせないと仰るんなら、座敷牢で起こっているあることとないことが、世の中に広まってしまうことにもなりましょうね」

「卑怯な……」

茂左衛門は恐ろしい目つきで金魚を睨みつけた。

「卑怯なのはどっちでございましょうね。商売を広げるために勝手に娘の婿を決め、好き合った相手から引き離す。父親という立場を利用した卑怯な手じゃござんせんか」

「秀造なんかの女房になっても幸せにはなれん」

「お金持ちの常套句でござんすねぇ」

「父親の愛情だ」

「それは思い違いでござんすよ。好き合った男と結ばれるのが女にとっては一番の幸せ」

「それは幻だ。貧しければいずれその幻も消える。その後に待っているのは貧困と憎しみ合いだけだ。わたしはそんな男と女を大勢見てきている」

「茂左衛門さんの周りの狭い世間だけ見てものを仰っては困ります。貧しくとも幸せに暮らしている男と女はごまんといますよ」

「娘を座敷牢に閉じ込めるのも、父親の愛情かね」

栄が言う。

「娘がどういう状態なのか知っているならば、訊くまでもなかろう！」

「そういう娘がいるってことを世間に知られるのが恥ずかしいっていう思いの方が強いんじゃないかい？」

「なにを言う！」

茂左衛門は顔を真っ赤にして怒鳴る。

「違うって言うんなら、あたしが世間に『越後屋の娘はかくかくしかじかだ』って言いふらしてやろうじゃないか。そうすれば世間は事情を理解する。恥ずかしくないんだったら、座敷牢に閉じ込めっぱなしにしないで、外に散歩に連れて行ってやりなよ。おつゆさんも喜ぶと思うよ」

「うむ……」

茂左衛門は唸るだけで反論しなかった。

「あたしらはこういう性格だ。そっちが意固地になりゃあ、こっちも意固地になる。あたしらに喋らせたくないんなら、ここで殺してしまうしか方法はございませんよ。諦めておつゆさんに会わせちゃあもらえませんかね？　会わせていただけりゃあ、あたしらがここで見聞きしたことはけっして他言するもんじゃございません」

もちろん薬楽堂の面々には話すつもりだった。しかし、世間に漏れることはけっしてないからついた小さい嘘である。

「分かった……」

茂左衛門は肩を落として肯いた。

「越後屋さんが最初っから喧嘩腰だったから、ご挨拶がまだでござんしたね。あたしは戯作者の鉢野金魚と申します」

「あたしは絵描きの葛飾応為」

どうやら茂左衛門は二人の名を知っていたようで、驚いた顔をした。

「それでは、こちらにおいでください――」

茂左衛門の口調が改まる。

上がってきたのと別の階段を下りると、すぐに内蔵の扉が二つ並ぶ廊下に出た。手前の小さい蔵は分厚い漆喰の扉が開いていた。

茂左衛門は引き戸を開けて中に入る。

中は畳敷きであった。左手に二階に上る階段がある。座敷牢に改装するために、中の荷物は別の蔵に移したのであろう。

一階は、太い格子で二つに分けられていた。

手前の部屋に座っていた小女が頭を下げた。茂左衛門と一緒に現れた金魚たちを見ても驚かなかったのは、きっと足音が聞こえていたからだろうと金魚は思った。小女の後ろには畳まれた夜具と金網でできた蔵提灯《くらちょうちん》が置かれている。

格子の向こうには白っぽい着物を着た娘が後ろを向いて座っている。鉄格子のはまった窓が開いていて、そこから入る外の光が、薄闇の中に娘の着物を滲ませている。

背筋を伸ばした娘の姿勢から、なにか強い意志のようなものを金魚は感じた。

狐憑きでもないし、気が触れているわけでもない――。

金魚は直感したが、もう少し様子を観察しなければ断言できないと思った。

「越後屋さん。座を外していただけませんかね」

金魚は言う。

「なぜでございます?」

茂左衛門は怒ったような顔で振り返る。

「殿方には、特に父親には聞かれたくない女同士の話もござんすからねぇ」

「おつゆはこちらの話を解さぬと申しました」

と言いながらも、茂左衛門は蔵を出て行った。

茂左衛門の足音が遠ざかるのを確かめて、金魚は小女を振り返る。

「おたきちゃんだね? 又蔵から話は聞いているよ」

金魚が言うと、たきははっとした顔をし、唇を噛んで俯く。

毎日毎日蔵の中で暮らし、つゆの面倒を見ている。重い鬱屈を抱えていれば、元御庭番の又蔵の手練手管にころっと騙されて、心に溜まったものを吐き出しても不思議はない。

だが、おそらくたきは、肝心なことは喋っていない――。

「大丈夫。旦那には言ってないよ。だからあんたも今からあたしらがすることを旦那に言っちゃいけないよ」

金魚は格子の前に座った。その隣に栄が腰を下ろす。

格子の向こうは八畳間ほどであろうか。

右手の奥に畳まれた夜具。左手の奥には枕屏風が立てられている。おそらく屏風の向こうは厠なのだろう。

「お初にお目にかかります。あたしは香雅堂の秀造さんの知り合いで、鉢野金魚っていう戯作者でございます」

秀造という名に反応するかと思ったが、期待ははずれた。つゆの体はぴくりとも動かない。

「あたしはね、あんたの狐憑きは芝居だと思っているんでございますよ。伊勢屋の清三郎さんとの縁組みを勝手に決められて、後先考えずに狐憑きの芝居を始めちまったんでしょう？　しかし、芝居をどう結んだらいいか分からない。芝居をやめちまえば、すぐにも清三郎さんと祝言をあげなきゃならない。まぁ狐憑きの噂は遠からず広まってしまいましょうから、清三郎さんとの縁組みは破談となるかもしれませんが、あんたのお父っつぁんは絶対に秀造さんとの祝言なんか認めない。どこからか婿を見つけて来るでしょうね。となれば、一生狐憑きの芝居を続けるしかない。そう腹をくっちまったんじゃございませんか？」

金魚は言葉を切るが、つゆは反応しない。

「捨てる神あれば拾う神あり。あたしはおつゆさんと秀造さんをお助けしたいと思いましてね、参上したんでございますよ」

つゆが身じろぎしたように見えた。しかし、こちらを振り向くこともなく座り続けている。

「あたしたちが来たのは、お父っつぁんが考えた策だとお思いで？　上手いことを言って狐憑きが芝居だったと白状させるという――。まぁ疑心暗鬼に捕らわれるのは仕方がありませんねぇ」

金魚は、言葉を切って溜息をつく。

「おつゆさん、あんた、人の軛《くびき》から解き放たれて、狐になってしまいたかったんじゃないんですかい？」

つゆの肩が微かに動く。

金魚は続けた。

「狐憑きになれば、嫌な男に嫁がなくてもいい。本当に狐憑きになれば、好きな男を忘れられる。好きな男も自分を嫌ってくれるだろう。男の家も狐憑きの女など嫁に入れるはずはない――。全ての望みを断ち切るために狐憑きの芝居を続けている。いつか本当に気が触れてしまい、全て忘れてしまいたいと願っているけど、なかなかそうはならなくて苦しんでいるんじゃありませんか？」

金魚は再び言葉を切り、静かに訊いた。

「秀造さんへの思いは断ち切れたかい？」

つゆの肩が揺れた。しかしなにも喋らない。

「おい、金魚」

栄が苛々と言う。

「あれ、〝さん〟づけはやめにしたのかい？」

金魚は栄に微笑を向ける。

「そんなことはどうでもいいだろう。お前、一生狐憑きの芝居を続けると腹をくった奴をどうやって説得するつもりなんだ？　おつゆも結びを考えていなかったろうが、お前はちゃんと結びを考えているのか？」

「当たり前だろう。だが、その結びも、おつゆさんがこっちを信じてくれるかどうかで違ってくる。どうしても信じられないっていうんなら、このまま一生狐憑きの芝居を続けるしかない。越後屋さんにはばれないように、芝居を続けられるようにしてやる。だけど、こっちを信じてくれるなら、座敷牢を出て秀造さんと一緒になれる」

「そんな都合のいい結びができるのか？」

「あたしは戯作者だよ。綺麗な結びはお手の物さ」

金魚はぽんと胸を叩き、つゆの背中に向き直る。

「あたしが考えた筋書きはこうだよ――」

金魚は事細かに策を語った。

つゆは聞いているのかいないのか、後ろを向いたままじっとしている。

語り終えた金魚は立ち上がった。

「まぁ、そういうことだから、親子の縁を切って、一生越後屋には戻れない覚悟もしなきゃならないよ。もしこっちの策に乗るんなら、明日は上手くやっておくんなさいよ」

つゆは無言のままである。

栄は顔をしかめながら立つ。

「あれ、お栄。おつゆさんをどやしつけるんじゃゃなかったのかい？」

金魚はからかうように栄を見た。

「蒸し返すな」栄は頬を膨らませた。

「しかし、狐の舞が見られなかったのは残念だ」

「お楽しみは後回しさ」

金魚はつゆとたきに「それじゃあね」と言って蔵を出た。

二階へ上がる階段の前で茂左衛門が待っていた。

「いかがでございましたか？」

茂左衛門の顔にはわずかな期待の表情が見えた。

「あれは狐憑きでございますね。話はできませんでしたが、憑いた狐を調伏《ちょうぶく》することはできると確信いたしましたよ」

「本当でございますか！」

茂左衛門の顔が輝く。

「本当ですとも。修法師を連れて参りましょう――。ぼったくられるのではとご心配でございましょうから、初穂料を決めておきましょうか」

金魚の言葉に茂左衛門の顔が曇る。

「いかほどで？」

「一両ではいかがです？」

五両以上はふっかけられるであろうと思っていた茂左衛門は驚いて訊き返した。

「一両でよろしいので？」

「はい。良心的な修法師でございますから」金魚はにっこりと笑った。

「善は急げ。今から声をかけてまいります」


薄暗い座敷牢に座るつゆの心は乱れていた。

「秀造さん……」

思わず声が出て、つゆははっとして周囲を見回す。小女のたかには今の声が届いたのか届かなかったのか、こちらに背中を向けたままじっとしている。

つゆは音が出ないように溜息をつく。

幼い頃から、親の言いつけには従わなければならないと教えられ、育てられた。親の言いつけに従わなかったのは今回が初めて——。

それは、つゆの中で秀造の方が、両親という存在よりも大きくなったからだった。初めて心が動いたのは、秀造の仕事場を見せられた時だった。

仕事机の上に置いてあった数々の筆が珍しく、思わず手を伸ばした時だった。

『お嬢さん。いけやせん』厳しい言葉で秀造が言った。

『筆は書き手の命。みだりに触れちゃあなりやせん』

はっとして秀造を見ると、厳しい顔をつゆに向けていた。

今まで見たことのない表情に、一瞬、つゆは怯えた。

つゆは、幼い頃から〝いい子〟で育った。それは、大人たちの言葉や表情から、やっていいことと悪いこととの判断がついたからである。大人たちの反応を予想して、やっていいことを選んでいたから、叱られることはほとんどなかった。

滅多にない叱られる場面でも、大人たちは優しくつゆをたしなめた。それだけで、つゆはやってはいけないことを理解した。

だから、厳しく叱られた経験はなかったのである。

友だちもおっとりした大店の娘たちばかりで、喧嘩をしたこともない。

初めて叱られて、怯えたつゆだったが、すぐに秀造の表情から別のものを読みとった。

それは、真剣になにかを作り出す者、自分の腕で仕事に打ち込む者の厳しさであった。

呉服屋では、誰かが織った布を、誰かが縫った着物を売るだけである。それはそれで、真剣に商売をしているわけだが、なにかを作り出しているわけではない。

つゆは、父や奉公人たちの厳しさとは違うそれに触れて、新鮮な驚きと、強い興味を感じたのだった。

秀造という男をもっと知りたいと思った。

相談に乗ってくれたのは小女のたきだった。

用足しに出る時には、たきが秀造を呼び出した。

初めて呼び出してもらった時には頭に血が上ってなにを話したのか覚えていない。頬を染めた秀造が『そろそろ戻らないと旦那に叱られやす』と言ったので、はっとして頭を下げたつゆであった。

帰り道、つゆは自分がなにを話したのか、秀造がなにを話したのか、何度もたきに聞き返した。

たきが頻繁に香雅堂を訪れ秀造を呼び出したのでは、怪しまれる。たきは自分の弟や時にその友だちを使って秀造を呼び出した。

そしてつゆと秀造は、ほんの煙草休み程度の時を二人で過ごすことを楽しみにするようになった。寺社の縁日に出かけた時には、誰かに見つからないかと怯えながらも、そっと手を繋いで過ごした。そんな時、たきはいつの間にか参拝客の中に紛れ、一刻（約二時間）ほどして戻って来て『お嬢さま。そろそろ戻る刻限ですよ』と言った。

楽しい思い出ばかりが浮かんでは消える。

つゆは零《こぼ》れそうになる涙を堪《こら》えた。

すると、悪い思い出ばかりが溢れてきた。

両親にはそれとなく、好きな男がいるという話をにおわせた。そろそろ縁談が来る年頃だったからである。勝手に婿を決めないようにと布石を打ったつもりだった。

それがあだになった。

父が急に縁談を持ち込んだのである。

色々と調べたのだろう。秀造とこっそり会っていることまで知っていた。

そのことをたきに話すと、たいそう驚き自分はなにも喋っていないと泣いた。

父は、秀造の嫁になれば貧乏で苦労すると言った。

つゆは、自分はお針子だってできるから、働いて家計を助けると言った。

話は平行線だった。

駆け落ちすることも考えた。

その話をすれば、秀造は肯いてくれるだろうと思った。けれど、それではせっかく香雅堂で書き手の仕事に打ち込んでいる秀造に迷惑がかかる。また、両親はひどく悲しむだろう——。そう思うと思い切れなかった。

しかし、なんとしても秀造以外の男に嫁ぐことだけは阻止したかった。どこにも嫁がなければ、いずれ秀造の女房になることも叶うかもしれないと思った。

気が触れてしまえば、縁談も消える――。

気が触れた娘を演じればいい――。

そう思いついた。しかし気が触れた者を見たことはなかったし、医者に診られればすぐに嘘がばれてしまうと思った。

ならば、狐憑きを演じよう――。

つゆは狐憑きなど信じていなかった。それを祈禱する修験者《すげんざ》らは仕掛者《しかけもの》（詐欺師）だと思っていた。ならば、こちらも仕掛者となって、最後まで演じきれば嘘を突き通せると思った。誰にも芝居だと思われないようにと、たきの前でも狐憑きを演じた。

そして、それは上手くいった。

しかし――。狐憑きのやめ時が分からない。

どうやって嘘を締めくくればいいのかが分からない。

苦しみの中、月日ばかりが流れていった。

鉢野金魚が言うように、本当に気が触れてしまえばどれだけ楽かと思った。

座敷牢の中で一生、狐憑きを演じなければならないのか――。

金魚の言うとおりにすれば、この地獄から抜け出せるのか――。

秀造と結ばれて、狭い長屋に住んで、子を産んで、あかぎれの手で仕立物を縫って、やがて針の穴に糸を通すのが難儀になり、皺だらけの手で孫の頭を撫でて――。

幸せな当来（未来）が、ありありと脳裏に浮かぶ。

ああ。そうなったらどんなに幸せか――。

堪えていた涙が頬を流れ落ちた。

そして嗚咽が喉から漏れ出した。

「お嬢さま――」

たきが泣きそうな顔で振り返る。そして格子に駆け寄って中に手を差し入れた。

「お泣きなさいまし。たきは誰にも口外いたしません。そして、決心なさいまし」

つゆは声を忍ばせて泣き出した。そしてたきに這い寄り、格子越しに抱き合った。


金魚と栄がのんびりと数寄屋河岸の辺りに差しかかった時、後ろから又蔵が声をかけてきた。

「どうだった？」

金魚が訊く。

「上々で。お二人が出た後、おつゆはさめざめと泣き出しやしてね。おたきと金魚さんの申し出を受けるかどうかを話し合っておりやした」

「うーむ」栄が唸る。

「狐憑きは芝居だったのかい」

「なんだい。まだあたしの推当を疑ってたのかい？」

「狐狸妖怪の類いはあった方が面白いって言ったろう。本物でなかったのは残念だ――。ところで又蔵、お前どこに忍んでいたんだ？」

「二階だよ」

「どうやって、真っ昼間の蔵に忍び込んだ？」

「やり方は何十通りもあるさ」

又蔵は鼻を高くした。

「それで――」金魚は又蔵に顔を向ける。

「おつゆはどうするって？」

「金魚さんの申し出、受けることにしたようでござんす」

「しかし――」栄は感心したように言う。

「又蔵を蔵に忍び込ませて、おつゆの意思を確かめるとは念の入ったことだな」

「明日は大芝居を打つんだ。向こうの考えを確かめられりゃあこっちの心構えも違ってくるし、使う手も違う。戯作を書く時だって、幾通りかの結末を考えて、登場人物たちの心の動きも勘案して、一つに決めるんだよ」

「登場人物の心の動きをあれこれ考えるって、書いてるのはお前なんだから、お前の考えしだいだろうが」

「それが違うんだなぁ。戯作を書いてるとさ、登場人物が勝手に動き出すことがある。これは、一人の人間としてしっかりした設定ができている時に限るんだけど、そいつの思いどおりに動かしてやらないと、物語が変な具合になっちまうんだよ――。さぁ、ちょいと寄り道してから薬楽堂へ帰ろう」

「どこへ寄る？」

栄が訊いた。

「修法師を調達するんだよ」

言って金魚は右に道を変えて三十間堀の方へ歩き出した。

五

五ツ半（午後九時頃）。金魚と栄は越後屋に向かっていた。一緒に歩いているのは鼈甲《べっこう》眼鏡をかけた老女――。只野真葛であった。いつもどおりの武家らしい鮫小紋《さめこもん》。印伝《いんでん》の合切袋を提げている。

雨は上がっていたが、それぞれ用心して傘を左に、提灯を右に持っていた。

道は人通りも途切れ、時折、千鳥足で歩く酔漢とすれ違うばかり。遠くから按摩の笛の音が聞こえている。

店はいずれも蔀戸《しとみど》を下ろしている。

金魚が越後屋の戸を叩くと、すぐに潜り戸が開いて、手燭を持った茂左衛門が顔を出した。

「あの……、修法師さまは？」

と小声で訊く。

修法師を連れて来ると言っていたのに一緒に来たのはどう見ても武家の老女。修法師には見えなかった。

「わしじゃ」

芝居がかった重々しい声で真葛が答えた。

「これは、お見それいたしました……」

「いかにも修法師という姿で来て万が一誰かに見られたら、後々噂が立とう。そんなことも分からぬか」

真葛は憎々しげな渋面を作り、上目遣いに茂左衛門を睨《ね》めつける。

「これは……。お気遣いありがとうございます」

茂左衛門は店を出て大路地を先に立って進み、以前来た時とは反対側から蔵への廊下に金魚たちを誘《いざな》う。

二つの内蔵の前を過ぎ、左に曲がるとそこにも二つの内蔵の扉があった。一番奥だけ漆喰の扉が開いている。つゆの座敷牢である。

格子の前に燭台が立てられ、太い二本の百目蠟燭《ろうそく》が周囲を照らしていた。

茂左衛門を先頭に金魚たちが蔵の中に入ると、格子の手前に座っていたたきが慇懃《いんぎん》に頭を下げた。

格子の向こうのつゆは、昼と同様に背中を向けている。開いた窓から月光が差し込んでいた。

真葛は手前の座敷の中央に座ると、たきをぎろりと見て「煙草盆を持って参れ」と言った。

たきは真葛の眼光に怯えたような表情を浮かべたが、「はい」と小さく答えて急ぎ足で蔵を出た。

金魚と栄は真葛の後ろに控えた。

真葛はおもむろに合切袋を開くと、中から結袈裟《ゆいげさ》を引っ張り出す。金魚が近所の修験者から借りたものであった。

うやうやしく結袈裟を掲げて一礼し、真葛はそれを肩にかけた。そして合切袋から小さい紙の包みと数珠を取り出す。

たきが黒塗りの煙草盆を持って戻って来た。真葛の前にそれを置く。

真葛は大仰な仕草で眉に唾をつける。そして、右手を丸め、そこからつゆの姿を覗いた。

眉に唾をつけるのは、妖怪の正体を見破る民間の呪法であり、丸めた手から姿を覗くのも同様である。普通はどちらか一つを使うものであり、当時の人々は子供から大人までよく知っている方法であった。だから真葛は儀式らしく見せるために二つを重ねて用いたのである。

「なるほど、狐が憑いておるな――。それも強い強い女狐《めぎつね》じゃ」

「それは、玉藻《たまも》の前《まえ》でござんしょうか？」

金魚は真剣な顔を作って訊く。

玉藻の前は、鳥羽院《とばいん》を誑《たぶら》かした九尾《きゅうび》の狐で、鳥羽院が組織した討伐軍によって調伏され下野国《しもつけ》の那須野で殺生石と化した、伝説の魔物である。

「いや。玉藻の前であれば、すでにおつゆは死んでおろう。この娘に憑いておるのは葛ノ葉《くずのは》じゃ」

「葛ノ葉――」

茂左衛門は呟く。

その名は浄瑠璃の【蘆屋道満大内鑑《あしやどうまんおおうちかがみ》】で知っていた。和泉国の信太《しのだ》の森の白狐である。安倍保名《あべのやすな》に近づき、結ばれて一子をもうけた。その子が陰陽師安倍清明《せいめい》である。

憑いた狐は葛ノ葉というのは真葛の即興である。その理由を推当て金魚は笑いそうになった。

玉藻の前は古今、物語や浄瑠璃、歌舞伎などで描かれている。近いところで文化年間には岡田玉山、曲亭馬琴、近松梅枝軒《ちかまつばいしけん》、鶴屋南北《つるやなんぼく》、山東京伝《さんとうきょうでん》、式亭三馬《しきていさんば》など。文政年間に入ってからも、鶴屋南北や曲亭馬琴などが題材に取り上げていて、いわば手垢がつきまくった題材である。

一方、葛ノ葉は古今の物語の題材とはなっているものの、文化年間に岡田玉山と曲亭馬琴が書いてはいるが、文政に入ってからは元年の歌舞伎舞踊【保名《やすな》】があるばかり。

あまり人が扱っていない方を選ぶのは、物書きの性《さが》であろうと金魚は思ったのだった。

「安心いたせ。わしの名には葛ノ葉に勝つ呪《しゅ》がかかっておる。敵はたかが葛の葉っぱ。わしの名は真《まこと》の葛、真葛じゃ」

そのこじつけに、金魚と栄は笑い出しそうになるのを必死に堪えた。

真葛は丸めた手から息を三度金魚に吹きかける。栄にも同様のことをし、茂左衛門たきにも息を吹きかけた。これもまたよく知られた民間の呪法であったから、真葛はあれこれと余計な所作を加えてもっともらしく演じた。

「狐に化かされない呪法である」

真葛は重々しく言うと、今度は煙草盆を正面に引き寄せた。

懐から紙の包みを出し、うやうやしく掲げると、開いて中から樒《しきみ》の葉を数枚出した。

樒は〝梻〟とも書き、仏前に供えたり墓所に植える、不浄を払う清らかな植物である。葉の粉末は抹香や線香の材料となった。

「清国では樒を莽草《もうそう》と呼ぶ。蟲物《まじもの》を封じる。狐憑きにもよく効く」

蠱物とは、人を惑わす魔物のことである。

真葛は、樒の葉を火入れの炭の上に置く。すぐに白い煙が上がり、線香のような清々しい香りが立ち上った。

両手で数珠を持ち、揉みしだくように擦り合わせながら、真葛は呪文を唱える。

「ナマク　サラバ　タタギャティ　ビヤサルバ――」

それは不動明王の火《か》界呪《かいじゅ》であったが、金魚も栄も、『よく出鱈目にもっともらしい呪文を唱えられるものだ』と感心した。

真葛は、修法師役を依頼された後に蔵書をひっくり返してそれらしい真言を探したのだった。ところが真言には短いものが多い。

調伏の儀式が短くてはそれらしくない。

般若心経を唱えようかとも思ったが、聞き慣れた経《きょう》でもそれらしくない。

なんとか探し出した一番長い真言が不動明王の火界呪であった。

役作りを完璧にするために、真葛はそれを必死で暗記したのである。

金魚は固唾を飲んでつゆの後ろ姿を見つめていた。

昼から今までの間に心変わりをしてはいまいか――。

一度はこちらを信じたが、やはり父親が仕組んだ罠ではないかと疑うことは十分あり得ることだ。心が揺れ動き、やはり今までどおり狐憑きを演じ続けようと決めてしまう――。

それが過酷なものであったとしても、慣れ親しんでしまった環境を選択してしまう。そういう人間はいるものだ。

せっかく身請けの話がもちあがっても、女郎屋の外の暮らしで起こるであろう数々の厄介事を妄想し、恐れて、ついに女郎のままでいる道を選んだ女を、金魚は何人も見ていた。

昔の金魚の馴染客の中には、体の調子が悪くても、不治の病と告げられるのを恐れて、医者にかからない男がいた。医者に病名を告知されないかぎり、昨日と同じ今日、明日が永遠に続くのだと信じたがっていた。

結局、女たちはぼろ屑のようになって死に、馴染は痛みが耐え難くなって医者にかかったがすでに手遅れで、一月も経たずに死んでしまった。

さぁ、おつゆ。思い切って一歩踏み出すんだよ――。

金魚はいつの間にか拳を握りしめていた。

掌は汗でびっしょりである。

真葛の真言を聞きながら、つゆはまったく動かない。

真葛も焦り始めたのか、唱える真言がゆっくりになる。

だが、つゆは動く気配もない。

「――ウン　タラタ　カン　マン！」

真葛は真言を終えた。

もう一度真言を繰り返そうと思ったその瞬間、じゅっという音と共に右の蠟燭が消えた。すぐに左の蠟燭も消える。

「あっ」

茂左衛門とたかが声を上げた。

真葛は舌打ちした。

二階に潜んでいる又蔵が水滴を落として蠟燭を消したのである。本当は、つゆが動いたら消す予定だった。しかし、動かないので真言の終わりに合わせて蠟燭を消したのであった。

真葛にとっては予想外。蠟燭が消えるのは怪異の一つ。つゆの動きと同時でなければ意味が薄れる――。

「恋しくば～」

座敷牢の中からか細い声が聞こえた。

差し込む月光の中で、つゆがゆっくりと立ち上がった。横を向きながら喉を反らせ、両手を狐の手振りで曲げる。

金魚は安堵の息を吐く。

つゆが狐の舞を舞うことが、こちらを信じて身を託すという合図であった。

「尋ね来て見よ～」

つゆは優雅に、しかし時折、野生の獣を思わせる激しい動きを交えながら、舞を舞う。

栄は懐から留書帖と矢立を出して、つゆの姿を素早い筆運びで写し取る。

現代の美術用語でいえば速写画《クロッキー》である。

「あの……」茂左衛門が狼狽《うろた》えて金魚の袖を引く。

「本当に狐は封じられるのでございましょうか？　つゆはあのように激しく舞っておりますが……。あれは、葛ノ葉の和歌《うた》ではございませんか……」

「ご心配なく。葛ノ葉がおつゆさんから離れようとしているのでございますよ――。時に、おつゆさんは、舞踊の素地がございましたか？」

「はい……。お師匠について習っております……」

茂左衛門は気が気ではないという様子で、つゆの舞を見つめている。

「なるほど――」

素人にしては美しすぎる舞姿だと思った。素地があり、さらに自分の明日をなんとか摑み取ろうという思いが、鬼気迫る舞を舞わせているのだ――。

「和泉なる～　信太の森の～」

つゆの動きがゆっくりになる。手振りも小さく、体を縮めながら、真葛の方を向きながら畳に正座した。

「うらみ葛ノ葉～」

つゆは深々と頭を下げた。

真葛はゆっくりと大きく息を吐き、つゆに声をかける。

「おつゆ。わしの声が聞こえるか？」

「はい……」

つゆは頭を下げたまま、か細い声で答えた。

「おつゆ！」

茂左衛門は叫んで格子に駆け寄り、鍵を出して錠前を開ける。そして、扉を引き開けて座敷牢の中に飛び込もうとした。

つゆがさっと顔を上げ、恐ろしい形相で茂左衛門を睨んだ。

「寄るな！」

つゆが野太い声で怒鳴った。

茂左衛門はびくりと体を震わせ、動きを止めた。後ろから金魚が近づき、茂左衛門を引き戻す。

どこからともなく、嗄《しわが》れた声が聞こえてきた。

「吾《あれ》は、つゆの体から離れた。だが、長く留まったためにつゆの心は蝕まれた」

二階で又蔵が語る作り声であった。

茂左衛門の顔が強張る。

「汝《いまし》は、つゆに惚れた男がいることを知っているにもかかわらず、勝手に別の男を婿として迎えようとした。そのことがつゆの心に大きな傷を作った。吾はその傷に潜り込んだ。そして汝はつゆの錯乱の理由を考えようともせず、座敷牢に閉じ込めた。吾がつゆの心の中に深く根を張るのにそれは好都合であった。すべてはお前の身勝手のせいだ」

つゆの目から涙が溢れる。又蔵の声が、つゆが心に閉じ込めてきた気持ちを代弁してくれたからであった。

「つゆは、お前がどのような仕打ちをしようと、お前を憎むことができなかった。それがつゆの心を引き裂いたのだ」

今度は茂左衛門の目から涙が流れた。

「吾は意地が悪い。だから、つゆがお前を愛する心を封じた。お前がつゆの気持ちを真《まこと》に理解するまで、つゆはお前を憎み続けるであろう」

これから先、自分の選んだ道が父親を苦しめ続ける。そのことがつゆの心を締めつけた。

女が自分の意思で生きていくことが難しかった時代である。つゆもまた、親のため、家のために生きよと教えられて育ってきた娘であった。

だが、この芝居をやりきらなければ、秀造と永遠に別れなければならなくなる。

お父っつぁん、ごめんなさい――。

つゆは歯を食いしばってその言葉を堪えた。

しかし、止めどなくこみ上げてくる嗚咽に耐えきれなくなって、床に突っ伏した。

栄はその姿も留書帖に描く。

「おつゆ！」

茂左衛門は牢の入り口で叫ぶ。そして真葛を振り返り、

「なんとかなりませんか！」

と悲鳴のような声を上げた。

「なんともならぬな。葛ノ葉は、『お前がつゆの気持ちを真に理解するまで、つゆはお前を憎み続ける』と言うたであろう。なんとかできるのは、お前だけだ」

真葛は言う。

「伊勢屋の息子との縁組みを諦めて、秀造さんと添い遂げさせてやるつもりになったかい？」金魚は訊き、

「その場しのぎの嘘は駄目だよ」

と駄目押しする。

「それは……」

茂左衛門は唇を噛む。

茂左衛門が積極的に進めてきた縁組みである。今さら、実は娘には以前から惚れていた男がいて――と、自分から言い出すわけにはいかない。

それに、職人を婿に取ったって、商売がうまく行くはずはない。いずれ店は傾く。

克之助はまだ五歳で、家を継がせるまでに育つには、十年――、いや二十年はかかる。

それまで自分の命が保つかどうか。

様々な心配事が茂左衛門の胸中に渦巻いて、返事ができなかった。

金魚は、口ごもる茂左衛門に可能性を感じていた。

少なくとも、こちらの問いに素直に答えようとしている。今すぐは無理でも、いずれ、なにがつゆの幸せかを理解できるだろう。

「なんにしろ――」真葛が言った。

「其方《そなた》の側にいては、つゆは奇行を繰り返すであろう。つゆをわしに預けぬか？」

「あなたさまにでございますか？」

茂左衛門は眉根を寄せた。

「左様。わしと共に暮らし、修行を続ければ、いつか其方のせいで負うた傷も癒えよう――。見たとおり、わしも高齢じゃ。身の回りの世話をしてくれるのであれば、修行にかかる費用は棒引きにしてやってもよい」

「はい……」

茂左衛門は迷っているようであった。おそらく、世間体を気にしているのであろうと真葛は推当てた。

「今は江戸におるが、わしの家は仙台にある」

「仙台。陸奥国の仙台でございますか……」

茂左衛門の表情が変化した。今度は、娘を遠くにやる不安が沸き起こったようである。

「そうだ。つゆは草津に湯治に行っていることになっているのだろう。草津ならば、江戸からの湯治客も多い。湯治に出かけたついでにおつゆに会いたいと思う者も出てくるやもしれん。しかし、仙台ならば、そういうこともまず起こるまい。ならば、仙台秋保《あきう》にいい湯があると聞いて、そちらに移ったということにすればよい。わしの家で暮らしながら、時々湯治に出かけていると。万が一、誰かが訪ねてきても、いかようにも対応できる」

「ああ、なるほど――」

と言った目に、今度は猜疑の表情が現れる。

「わしの身元が心配ならば、築地南飯田町の御家人、島本市兵衛《しまもといちべえ》方へ行き、只野真葛という修法師が世話になっているかと問えばよい」

茂左衛門は、真葛が次々に自分の心を読んだようなことを言うので、修法師の力とは恐ろしいものだと思った。

「恐れ入りましてございます……」

「真葛さまが小間使いにしたいからといって、おつゆさんの方はどうなんでござんしょうね」金魚が言った。

「ねぇ、越後屋さん。おつゆさんが仙台に行くと言ったら、そのとおりにさせてやるってのはどうでしょうかねぇ」

「はい……。そのようにいたしましょう」

茂左衛門は意を決したように言って肯いた。

「よし」真葛が床に伏したままのつゆに顔を向ける。

「おつゆ。聞こえるか？」

すると、つゆは身を起こし掌で涙を拭うと、居住まいを正した。

「はい真葛さま」

はっきりとした口調で言った。

「おつゆ！」

元のつゆが戻ってきたと、茂左衛門は座敷牢に入ろうとする。

「近寄るなと言うたであろう！」

二階から又蔵が言った。

つゆの口が少し遅れたので、金魚と真葛は冷や汗をかいた。

しかし茂左衛門は気づいた様子もなく、すごすごと身を引いた。

「真葛さま。つゆは真葛さまにお仕えいたします」

つゆは深々と頭を下げた。

「よし。それでは今からすぐにつゆを南飯田町の島本宅へ連れて参るぞ」

真葛は言った。

「すぐにでございますか……？　旅の用意もございますれば……」

「ここに置いておけば、葛ノ葉がいつまたつゆの体に入り込まぬとも限らぬでな。つゆはすぐにここから連れ出すのがよい。道中の着替えやらなにやらは明日の朝に島本宅に届けよ」

「左様でございますか……。それでは、夜道は危のうございますので、大番頭に送らせましょう――」

茂左衛門の言葉に、真葛はにやりと笑う。

「送らせるのは口実で、本当は大番頭に、島本宅の場所を確認させ、ついでにわしの身元も確かめさせるのが目的であろう。そして、我らが芝居を打った可能性も考え、秀造の家も番頭に張り込みさせよう――。そう考えたな？」

「滅相もない……」

茂左衛門の顔が青ざめた。

「よいよい。気の済むようにするがよい」

「それじゃあ参りましょうかね」

金魚が牢の中に入り、つゆの手を取って外に出した。

栄は筆を矢立に納め、留書帖を懐に仕舞った。

茂左衛門は唇を震わせながらつゆを見ている。そして黙ったまま金魚とつゆ、真葛、栄が蔵を出て行くのを見送った。

外は小雨であった。

先頭を傘を差した大番頭が歩いた。

その後ろを金魚、つゆ、栄、真葛が固まって歩く。手には提灯と傘。

「お父っつぁんから、『すまなかった』の一言はなかったな」

栄が小声で言った。

「いえ」つゆは小さく首を振った。

「あたしも『すまなかった』と言いませんでしたから、おあいこです」

つゆは小さく微笑んだようだった。

「これで結びじゃない」金魚が言う。

「その言葉は、最後の最後にとっておきな」

六

雨は未明から強さを増した。

つゆと真葛は笠と蓑を着て薬楽堂を訪れた。

軒先には同様に簑をつけ、笠を手に持った金魚が待っていて、中に声をかける。

着流しの無念と長右衛門が見送りに出た。

「旅立ちには最悪の日だな」

長右衛門が言う。

「なに、嫌なことを全て流してくれると思えば験《げん》がいい」

真葛が庇の下に入りながら答えた。

「あれ――、秀造は一緒じゃねぇのか？」

無念は首を伸ばして雨に煙る通油町を眺める。

「ばかだねぇ」金魚は呆れたように言って笠を被り紐を締める。

「秀造まで姿を隠しては、茂左衛門にこちらの企みがばれちまうだろ」

「おれはてっきり、秀造も一緒に仙台にやるのかと思ってた」

「浅いねぇ。おつゆさんと秀造さんの物語の結びはまだまだ先さ。人の心なんてすぐに変わるもんじゃない。これからおつゆさんのお父っつぁんに、少しずつ、おつゆさんにとってなにが幸せなのか教えてやらなきゃならない。じっと待つ秀造さんの姿を見せながらね」

「遠大な計略だな」無念は顔をしかめる。

「もっとぱっぱっぱっぱって、解決しないもんかね」

「浅薄な戯作じゃないんだよ」真葛が笑った。

「お前の戯作はそういう性格を映して、問題を安直に解決しすぎだ」

「余計なお世話でぇ」

無念は口を尖らせた。

「どれだけ待てばいいのでございましょうね……」

笠の下のつゆの顔が不安そうな表情を浮かべる。

「又蔵が――」金魚が言った。

「おつゆさんの心を引き裂いたのは茂左衛門だと告げた時、お父っつぁんは涙を流した。まだまだ望みはあるよ。遠からず、お父っつぁんは悔い改めて、おつゆさんと秀造さんの仲を認めるさ。あたしが時々、様子を見に行って、背中を押してやる。早ければ今年中。長くて二年」

金魚の言葉につゆは不安そうな顔のまま肯いた。

真葛がつゆの濡れた蓑の背を優しく叩いた。

「双方とも、本気で添い遂げる気があれば、数年の歳月も乗り越えられる。たったそれだけでどちらかの思いが途切れるならばそれまで。茂左衛門を騙して苦しい思いをさせるだけの価値がある恋ではなかったということだ。覚悟を決めよ」

「はい」

つゆは真葛に顔を向けて肯いた。

「さて、参ろうか」真葛は軒先を出る。

「本当はもう少し江戸にいるつもりだったのだがな」

「申しわけございません……」

つゆは深く頭を下げて後を追う。

「それじゃあ、あたしは千住辺りまで送って来るよ」

金魚はちょいと膝を曲げて無念と長右衛門に挨拶すると、雨の中に歩き出した。

通りを小さくなる三人の姿をしばらく見送っていた無念は、突然店の中に飛び込んで傘をひっ摑んだ。

「おれも送って来るぜ」

無念は長右衛門に言うと、傘を一振りして開き、雨の中に駆け出す。

「おーい。下読みはよ？」

「あと一作、二作だ。帰《けえ》ってから読むよ」

無念は走って金魚に並んだ。

無念の傘が金魚に寄りそう。

金魚が肩で無念を押す。

再び無念の傘が金魚に寄りそう。そして並んだまま歩き出した。

長右衛門は苦笑しながら店に入った。

真葛とつゆが仙台に旅立ち、十日ほどが経った日。栄がひょっこりと薬楽堂に顔を出した。

金魚は、離れで最終選考に残った数作の戯作を読み直している無念と長右衛門をからかいながら煙管を吹かしていた。

「お栄。軸を持ってきたかい」

金魚は栄が抱える細長い風呂敷包みを煙管で指した。

「おつゆの件は戯作にできないだろう。だから軸を描いてみた」

栄は離れに上がり込み、包みから桐箱を出し、蓋を開けて掛け軸を畳の上に広げた。

現れた絵を見た途端、金魚と無念、長右衛門は唸り声を上げた。

青みを帯びた灰色の背景に、斜めに月光が差し込んでいる。その中に、白い打掛を羽織ったつゆは、顔を仰《の》け反らせて狐の手振り。左足を曲げ、床を蹴って伸ばした右の爪先がわずかに浮いている。

切れ長の目は悲しげに、画面の外の月を見つめている。

着衣の陰影が立体感を与えてはいるが、全体が朧《おぼろ》に霞み、降り注ぐ月光の粒子に包まれているかのようであった。

「こいつは金魚にやるよ。気味が悪かったら捨ててくんな」

栄が言う。

「捨てるもんかね」金魚は溜息をついた。

「凄まじいまでに綺麗で妖しく、悲しい絵だね。こりゃあ、おつゆじゃない。本物の葛ノ葉だ」

「この絵は言葉を切って、感動で潤んだ目を栄に向けた。

金魚は言葉を切って、感動で潤んだ目を栄に向けた。

「この絵を表紙に使わせておくれよ」

「葛ノ葉の話を書くのかい？」

「おつゆの話を書くのさ。どこの家で起こったかわからないようにね」

「なーんだ。先読みをして損をした」

「いや。いい絵だからまずは家に飾らせてもらうよ」

金魚は掛け軸を取って、くるくると綺麗に巻いていく。

「ああっ……」

狐の足下が隠れたあたりまで巻き上げた時、突然金魚は声を上げた。

「どうした？」

眉をひそめて栄が金魚の顔を覗き込む。

「この絵を見てたら文が頭の中に溢れてきた……」

金魚は急いで掛け軸を巻くと、箱の中に仕舞い風呂敷で包んだ。

「帰って書く」

風呂敷包みを小脇に抱え、沓脱石の下駄をつっかけて、飛ぶように中庭を駆け抜ける。

「絵描き冥利に尽きるねぇ」

栄は嬉しそうに、通り土間に飛び込む金魚の後ろ姿を見送った。

春吉殺し　薬《やく》楽《らく》堂《どう》天《てん》手《て》古《こ》舞《まい》

一

七月。〈素人戯作試合〉の作品募集は締め切られた。間際にどっさりと戯作が集まり、応募総数は百三十作。

江戸に戯作を読むことを楽しみにしている者は大勢いたが、書きたいと思っている者もこんなにいたのかと、薬楽堂《やくらくどう》の面々は驚き、そして、長右衛門《ちょうえもん》と無念《むねん》は顔色を青くした。

勝敗の発表は九月。それまでに全てを読んで順位をつけなければならない。

今まで長右衛門と無念だけで下読《したよ》みをしていたが、店主の短右衛門《たんえもん》、番頭の清之助《せいのすけ》に下読みの割り当てが回った。

それでもまだ足りず、金魚《きんとと》にも声がかかった。

「下読料のほかに、写本料を上げてくれるんならやってもいいよ」

金魚はにやにや笑いながら答えた。

長右衛門は、「ひとの弱味につけ込んで」と渋い顔をしながら、増刷が出たら色をつけるということで手を打った。

そしてもう一人。女絵師、葛飾応為《かつしかおうい》——栄《えい》も仲間に引き込まれた。絵師の目から派手な挿し絵を入れられそうなものを選ぶという口実である。

すでに長右衛門と無念で何十作かは読んでいたから、六人で十数作ほどの割り当てを読むことになった。あっという間に読み終えたのは栄であった。しかも、読んだ草稿の一字一句を諳《そら》んじ、文字だけで作者を言い当てることもできた。

「あたしは見たものをそのまんま頭の中の抽斗《ひきだし》に入れておくのさ」

驚く薬楽堂の面々に栄はそう言った。

現代でいうところのカメラアイである。

次に読み終えたのは金魚で、「ついでだから」と、二人は百三十作を全て読んだ。

ほかの連中が割り当てを読み終えたのは七月も半ば。六人がそれぞれ五作ずつ出した候補作から複数票が入ったものを残し、さらに五作に絞ろうとしたが――。絞りきれずに六作が残った。

舟野《ふなの》親玉《おやだま》【江戸《えど》怪談《かいだん》　輪廻《りんね》の契《ちぎり》】
千野《せんの》鼠窮《そきゅう》【異説《いせつ》皿屋敷《さらやしき》】
磐野《いわの》鐵三郎《てつさぶろう》【手習《てならい》修業《しゅぎょう》】
尾久野《おくの》浪人《ろうにん》【蝦夷《えぞ》判官《ほうがん》】
薬楽小金魚《やくらくこきんぎょ》【窮鼠《きゅうそ》の蔵《くら》】
色川春風《いろかわしゅんぷう》【吉原《よしわら》　華《はな》の経巡《へめぐり》】

応募作には知らせ先を明記するよう要項に書いたが、本名を書くこととはしていなかったので、多くの応募作に本名が書かれておらず、最後に残った六作にも本名はなかった。

薬楽堂の離れに並べた六冊の草稿を金魚、無念、長右衛門が眺めている。

「本名を書くようにしておくんだったな。これじゃあどんな奴なのか予想もつかねぇ」

無念は腕組みをした。

「筆名だけ書いた奴らは戯作者としての自分に浸りきっているんだぜ。素人戯作者が集まって、筆名で呼び合って悦に入ってるって話も聞く」

長右衛門が渋い顔をした。

「いいじゃないか。そうやって日頃の憂さを晴らしてるんだよ」金魚が言う。

「違う自分を演じて、一時でも生々しい日常を忘れたい。戯作を書くきっかけもそんなもんだよ」

金魚は自分のことを言っている――。

と無念は思った。もちろん口には出さない。

薬楽堂の面々の中で、無念だけが金魚の前身が女郎であることを知っている。

金魚はきっと、苦界の辛い日々を忘れるために戯作の筆を執ったのだ――。

無念が戯作を書き始めたのも似たような理由である。辛い過去と現在を忘れるため——。

してみると、戯作者というのは大なり小なり辛い過去や現在を背負っているのかもしれねぇなぁ——。

金魚が自分の方を見て小さく微笑んだので、無念は慌てて目を逸らした。

二

処暑《しょしょ》だというのにまだ暑い。

残った六作からどれを一等にするかという、最終選考会である。

薬楽堂の離れの座敷には長右衛門と無念、短右衛門が座っている。縁側に金魚と栄、清之助が腰を下ろしていた。いずれも団扇《うちわ》をせわしなく動かしている。

真っ先に無念が言った。

「舟野親玉の【江戸怪談】で決まりだろう。六人の中では群を抜いて面白い。文章だって一級品だ。そろそろ決めちまおうぜ」

舟野親玉の応募作は怪談噺である。

しかし、短右衛門が首を振った。

「舟野親玉は〈素人戯作試合〉一等って冠がなくても売れます。同じ怪談噺ですが千野鼠窮も文は上手い。けれど、【番町皿屋敷】の本歌取りのような筋で話のオチもいまいちなので、こういう者はなにか冠をつけて売ってやるのがいい」

「いやいや。磐野鐵三郎の【手習修業】の方がいい。千野鼠窮より文はまずいが、話はずっと面白ぇ」

と異を唱えたのは長右衛門である。磐野鐵三郎の応募作は大店《おおだな》の若旦那が習い事を遍歴する話で、それぞれの師匠の元で巻き起こすどたばたが滑稽に描かれている。

「文は書き続ければ上手くなるが、面白い話を思いつくのは、これは才だ。先々伸びるのは磐野鐵三郎だね」

「大旦那や旦那に異を唱えるのは申しわけございませんが――」清之助が口を挟む。

「尾久野浪人の【蝦夷判官】こそ、一等だと思います。源義経《みなもとのよしつね》が衣川では死なず、蝦夷に逃れ、魔物と戦いながら王になる話に血湧き肉躍りました。義経は平泉の高館《たかだち》で死んだとされているのが、実は後世に作られた浄瑠璃などで誤って伝えられたという蘊蓄もようございました」

「あたしは薬楽小金魚の【窮鼠の蔵】がいいね」

と栄が言うと、薬楽堂の面々は微妙な表情を浮かべた。

「蔵の中で大店の主が殺される。蔵は内側から閂をかけられ、窓には鉄格子がはまっているから誰も侵入できないはずなのに――。その謎解きが見事だったね」

金魚がくすくす笑いながら言う。

「確かに、謎の作り方は見事。だけど、文が硬く、蘊蓄が多く、人物が書き割りみたいだったけどねぇ」

「先々の伸びも考えるんだろ」栄は口を尖らせた。

「筆名からしても、あんたを尊敬しているのは一目瞭然。もう少し褒めてやりなよ」

「おれの孫だよ」

長右衛門がぼそっと言った。

同時に短右衛門が言う。

「わたしの娘です」

「え？」

栄は片眉を上げげた。

「おけいちゃん。今年八つの子供だよ」

金魚は笑いながら腰差しの煙草入れを抜く。尖端だけほんのりと黄色くなった楓《かえで》の葉が刺繍された革の煙草入れに黒光りする蟋蟀《こおろぎ》の前金具。煙管入れは象牙である。

「筆名ですぐに分かりました」清之助が言う。

「知らせ先も三河町四丁目のご自宅でございましたし」

「八つの子供が書いたってのかい？　天骨（天才）じゃないか」

栄は首を振った。

「まぁ天骨には違いねぇが――」長右衛門は渋面を作る。

「まだまだ文が生硬だから、一等には入れられねぇな。それに、薬楽堂に関わりのある者を勝たせたんじゃ、世間からなんだかんだ言われる」

「薬楽堂に関わりがある者を勝たせられないっていうんなら——」金魚がぽかりと煙の輪を吐く。

「ほとんど駄目じゃないか」

「どういう意味でぇ？」

無念が訊く。

「薬楽小金魚がおけいちゃんってのは分かりやすい。次に分かりやすいのは千野鼠窮と磐野鐵三郎だね」

「その二人、誰なんだ？」

長右衛門が訊く。

「戯作の作風、文体から推当《おしあ》ててみなよ」金魚は灰を捨てて新しい煙草を火皿に詰める。

「一人以外は全員分かるよ」

「千野鼠窮は文は上手いが話がいまいち。磐野鐵三郎は話は面白いが文はいまいち——」無念がはっとした顔になる。

「千野鼠窮は千吉だな！　磐野鐵三郎は小野三郎助！」

千吉は文は上手いが話がいまいち。小野三郎助は話は面白いが文はいまいち。二人は自分の長所を活かし、欠点を補い合うために合作という方法を選んだ。今、薬楽堂から〈大野千之輔《おおのせんのすけ》〉の筆名で戯作を書く準備をしているところである。

「二人とも、本当は自分一人で戯作を書きたいって思っているんだねぇ」

金魚は煙草盆を持って煙管を吸いつける。

「ですが、知らせ先がお二人の住所とは違いますよ」

清之助が言った。

「うちから合作の本を出そうとしている矢先だが、どうしても一人で戯作を書きてぇってんで〈素人戯作試合〉に草稿を出そうと思った。けれど自分が書いたと知れれば叱られるかもしれねぇ。なので筆名だけ書いて、知らせ先も知り合いのそれを借りたんだろうよ」

長右衛門は苦虫を噛みつぶしたような顔である。

「一等になれば、怒られることもなかろうし、選ばれなければ素性を探られることもなく草稿は反古《ほご》紙になるってふんだか」

無念が言う。

「まぁそんなところだろうね」

「あとは舟野親玉と、尾久野浪人、色川春風ですか――」清之助は腕組みして金魚を見る。

「色川春風を推してるのは金魚さんですよね」

「あたしが春風の【吉原　華の経巡】を推すのは、一番面白いとか、そういう理由じゃない。舟野親玉は真っ先に、尾久野浪人はその次に消しちまったからさ」

「どういう意味でぇ？」

長右衛門が片眉を上げる。

「あたし一人が話の仲間に入れないねぇ」栄は不満そうな顔をする。

「薬楽堂の事情は分からないから、あたしが推すのは小金魚ってことで」

栄は縁側を立つと、「決まったら教えておくれ」と言って通り土間の方へ歩いて行った。

「ご苦労さま。あたしが知らせに行くよ」

金魚が言うと、栄は振り向きもせず手を振った。

「あっ！」無念が頓狂な声を上げた。

「尾久野浪人の正体、分かったぜ！」

「尾久野の〝尾久〟は、尾久《おぐ》村の尾久だ」長右衛門が鼻で笑う。

「尾久村に住む浪人者が作者だってことはすぐに分かるぜ」

「浅いねぇ。浅い、浅い」

無念は得意そうに笑う。

「なんでぇ！　ばかにするんじゃねぇ！　だったらお前《め》ぇの推当を聞かせてみろ！」

長右衛門は食ってかかる。

「尾久についての読みはそのとおりさ。そして〝ろうにん〟の読みは、牢屋の牢と人という字もあてられる。尾久村の牢人――。こいつは益屋《ますや》の若旦那、慎三郎《しんざぶろう》だぜ」

益屋は日本橋高砂町の帳屋《ちょうや》（文房具屋）である。そこの若旦那の慎三郎は金魚の戯作の愛読者で、かつて、自分の思ったような戯作を書かせようと金魚を拐《かどわ》かした男である。金魚を閉じ込めた先が下尾久村の益屋の寮（別荘）の座敷牢であった。

金魚は、慎三郎が自分で思ったような戯作が書けるよう、しばらくの間指南していたのであった。

「お前《め》ぇ、くそ真面目に約束を守ってやがったのか？」

無念が訊いた。

「ああ。慎三郎は家業も熱心に勤めているが、時々、下尾久村の寮の座敷牢に籠もって戯作にはげんでるんだよ。今回の戯作はあたしは指南していないし、読んでもいない。だけどあんたらが読んでもいい出来だったんだから、腕をあげたようだね」

「なるほど」長右衛門は肯いた。

「牢に籠もって書いてたから牢人か」

「今みたいな推当の冴えを、いっつも見せてくれりゃあいいんだけどね」

金魚は残念そうに無念を見る。

「お前ぇの推当が早すぎるんだよ」

無念は唇を歪めた。

金魚は肩をすくめて言う。

「薬楽小金魚はもう少し修業が必要。千野鼠窮と磐野鐵三郎は、これから大野千之輔で売り出すんだから、一人で書く戯作はしばらくお預け。尾久野浪人は、あたしがみてやった戯作じゃないけど、しばらく指南してたから一等にすればいらない噂を立てられかねない」

「残るは舟野親玉と色川春風――」清之助が言う。

「どちらも上手い人ですが、うちに関係する人で思い当たる方はいらっしゃいませんが」

「本当に思いつかないかい？」

金魚は一同の顔を眺め回す。

またしても無念が驚いた顔をした。

「舟野親玉は、抜群の文章で怪談噺――。もしかして真葛《まくず》婆ぁかい？」

「無念、今日は冴えてるねぇ」

金魚は小さく手を叩く。

「なんだって？」

長右衛門は目を見開く。短右衛門、清之助も驚きの表情を浮かべた。

「だけどよぉ【独考《ひとりかんがえ》】とはまったく文体が違うぜ。それに字だって男文字だ。きっと暇を持て余している勤番侍が書いたんだぜ」

長右衛門は首を振りながら言う。

「あたしも話によって文体は変えるよ。それに男文字だって真似て書ける。文体や文字なんかどうにでも変えられるさ。だけど、どうしたって言葉の好みや選び方は隠しきれない。文字だってそうさ。気をつけて書いていても、ついつい癖が出る」金魚は言った。

「真葛婆ぁは自分の戯作の勝敗が気になって江戸に出て来たのさ。ところが狐憑きの件があって仕方なくつゆを仙台に連れて行った。帰り際に『もう少し残るつもりだった』って言ってたろう。九月の勝敗の発表まで見届けたかったんだよ」

金魚の言葉に一同は唸る。

「だけど真葛さんは戯作試合に出したなんて一言も言わなかったじゃねぇか」

長右衛門が言う。

「言ったら公正な勝負にならないだろ――。真葛婆ぁはたった一度だけ、素人戯作試合のことを聞いた。おけいちゃんと初めて逢った日の翌日だ。それっきり、戯作試合について一言も触れていない。あえてその話題を避けているとあたしは推当てた。では、なぜ戯作試合について触れないのか。自分が戯作試合に応募しているんじゃないかと勘ぐられないためさ」

「しかし――」短右衛門が首を傾げる。

「舟野親玉の連絡先は霊岸島川口町の料理屋になっております。真葛さんなら知らせ先は築地南飯田町の島本さまのお宅とするはずでございましょう」

「千吉や三郎助と同じだよ。島本さまのお宅を連絡先にしたら、ばればれじゃないか。その料理屋から島本さまのお宅に知らせが行くようにしてたのさ――。蓋を開けてみれば、残ったのは薬楽堂に関わる奴らばっかり。ってことで最後に残ったのは色川春風一人。戯作の上手さじゃあ、真葛婆ぁと慎三郎には敵わないが、三番手にしてもいいと思う。手を入れりゃあなんとか使い物になるだろ。あたしはこいつを推すね」

色川春風の【吉原　華の経巡】は、吉原を舞台とした色っぽい物語であった。

「色川春風ってどんな人なんでしょうね」

清之助が言った。

「春風はえらく吉原に詳しい。相当吉原に通い詰めてる奴だな。大店の若旦那ってところか。次に出す本からは入銀《にゅうぎん》させるって手も使える」

長右衛門は嫌らしい笑みを浮かべる。

入銀とは、出版に際して著者に求める金銭のことである。江戸時代には出版費用の折半や写本料（原稿料）の値引きなど、著者に負担を求めることが多かった。

「いやいや。入銀させるのは無理だね」

無念が言う。

「なんででぇ？」長右衛門は自分の考えを否定され、むっとした顔になる。

「知らせ先が長屋だったっていう理由ならあてにならねぇぜ。これだって中継ぎかもしれねぇじゃねぇか」

「そんなんじゃねぇよ。六作の草稿を見てみなよ。春風の使っている紙は一番粗末だ。だとすれば、吉原に通い詰める御大尽ってことはねぇな。おそらく吉原で働いている奴だろうぜ。二階廻《にかいまわし》か、茶屋の小者か——。揚屋町《あげやまち》の小商人《こあきんど》かもしれねぇ」

二階廻とは、喜助とも呼ばれる妓楼《ぎろう》の二階の客室の世話をする男衆である。揚屋町は廓内《なか》にある、吉原で働く者たちの町である。生活必需品を商う店や湯屋、髪結い床なども揃っていた。

「紙が粗末だってところに気がついたのは上出来だけど、その推当じゃまだまだだね」金魚はにやりと笑う。

「知らせ先を見てみな」

「浅草山谷町はごろも長屋——。それがどうしたってんでぇ？」

無念は眉間に皺を寄せて金魚を見る。

「まぁ、行ってみりゃあ分かるさ。正体がはっきりしている四人は候補から落とすとして、舟野親玉と色川春風には残ったことを知らせなきゃならないだろう？　だったら、あたしは舟野親玉に、あんたは春風のところに行って、最後の候補に残ったことを伝えがてら、正体を確かめて来るってのはどうだい？」

「よぉし。それじゃあおれが正体を確かめて来たら、黙ったままお前ぇの推当を聞いてやるから、当ててみな」

「なんなら、今この場で推当を話してやってもいいよ」

金魚は挑むように言って薄笑いを浮かべる。

「てやんでぇ……。お前ぇの推当を聞いてから行って、それが当たってたらがっかりするじゃねぇか」

無念が口を尖らせる。

「あたしが戻って来てから春風の正体を当ててもがっかりすることになるんだから、同じことだけどねぇ」

「うう……」

無念は唸って、なにか言い返そうとしたが、長右衛門が遮る。

「お前ぇたちのいちゃいちゃにつき合っている暇はねぇ。さっさと行ってきやがれ」

「誰がいちゃいちゃしてるってんだ！」

無念は怒鳴ったが、金魚はすっと座敷に入って無念の耳を引っ張った。

「なにしやがんでぇ！」

無念は「痛ぇじゃねぇか」と立ち上がる。金魚は、

「さっさと行けってんだから行こうじゃないか。あたしが正しかった証《あかし》を立てておくれな」

と言って座敷を出た。

三

金魚は薬楽堂を出て無念と別れ、江戸橋を渡った。本材木町を左に折れて海賊橋を渡り、楓川沿いの道を進み大名屋敷の白壁をまた左に折れる。真っ直ぐ進んで亀島川に架かる橋を渡れば、霊岸島川口町であった。

舟野親玉の連絡先である料理屋、〈富士本《ふじもと》〉はすぐに見つかった。

八丁堀辺りの大名の宴も引き受けるのであろう、黒塀を巡らせた大きな建物である。

入り口の土間に入ると、すぐに番頭が出て来て、「いらっしゃいませ」と板敷に膝を折る。愛想よく微笑んでいるが、目には女一人の客をいぶかるような色が浮かんでいた。

「舟野親玉さんに言伝を頼みたいんでございますが」

金魚の言葉に、番頭は得心したように「ああ」と肯く。

「すぐに女将を呼んで参りますので、まずはこちらへ」

番頭は金魚を促した。

金魚が板敷に上がると、すぐに下足番が出てきて履き物を片づけた。

あちこちから昼の宴の声が聞こえていたが、番頭は使われている座敷を上手く迂回して、金魚を中庭に面した渡り廊下に誘《いざな》う。こういう店では、客同士が顔を会わせないような配慮をする。人目を忍ぶ客がいるからということばかりではなく、国許の家格の違う侍たちや、お互いに遺恨を抱える藩の侍が鉢合わせしないようにという配慮もある。

金魚は八畳の離れに案内された。

縁側の向こうに池が見え、その向こうに母屋の座敷があるのだが、楓の枝が張り出して、うまく目隠しをしている。

金魚は少し不安になった。

真葛がこんな高級料理屋に通っているはずはない。

八丁堀や霊岸島、川向こうの本所、深川の辺りには大名屋敷や旗本屋敷が多く建ち並んでいる。舟野親玉の正体はそういう屋敷の侍ではないか——。

もしかすると自分の推当は外れたのかもしれない。

金魚は小さく舌打ちした。

その時、渡り廊下を静かな衣擦れの音が近づいてきた。仕立てのいい縞の着物を着た三十路ほどの女が縁側に正座して深く一礼した。

「女将のふじでございます」

「あたしは鉢野《はちの》金魚と申します」

「ああ——」ふじは顔を上げて驚いたような表情を見せた。

「あなたさまが鉢野金魚さまでございますか」

言って、くすっと笑う。

「なにか？」

金魚は少しむっとして訊く。

「これは失礼いたしました。お作の主役、梶原椎葉《かじわらしいは》さんによく似ていらっしゃると思ったものですから」

どうやら自分の戯作の愛読者であるようだと思い、金魚は気をよくした。

「椎葉とはまるで違うって言われることの方が多ございますよ」

「いえいえ。それは表側のことでございましょう。滲み出す雰囲気は瓜二つでございます――。それで、舟野親玉さまの件でお話とか」

「薬楽堂からの知らせでございますが、あたしから話を聞いたら、築地南飯田町の島本さまのお宅に知らせに行くんでございましょう？」

金魚は訊いた。

「築地南飯田町の島本さま――」ふじは眉根を寄せて小首を傾げる。

「存じ上げませんが」

「舟野親玉は只野《ただの》真葛じゃないのかい？」

金魚は焦ってぞんざいな言葉遣いになった。

「いえ。只野真葛さまというお方も存じ上げません」

その表情から、ふじは嘘を言っていないと金魚は直感した。

「う一む」

金魚は腕組みして唇を嚙む。

「言伝はここから少し先の松平越前さまの御屋敷にお知らせいたします」

「松平越前さまの御屋敷――」

金魚は、無念たちの『舟野親玉は、暇を持て余した勤番侍』という推当が当たったのかと愕然とした。

大恥をかいちまう――。

金魚は泣きたくなった。

ふじが心配そうな顔で金魚を覗き込む。

「いかがなさいました？」

「いえ。なんでもございません」

金魚は作り笑いをしてそそくさと立ち上がる。本人に伝えに行かなければならないところだが、自分の推当が外れた事実を目の当たりにしたくはなかった。

「それでは舟野さまに、最後の二作に残っているとお伝えくださいまし。結果が出たらまた改めてお知らせに来ると」

「かしこまりました――。今、喉を潤すものを用意させておりますので、ゆっくりなさってくださいませ」

ふじはそう引き留めたが、

「せっかくのお心遣いでございますが、まだ回らなければならないところがございますので」

　と金魚は離れを出た。

四

　浅草田原町まで来て、無念は「あっ！」と言って立ち止まった。町並みに、ある職業の看板を見たからである。

　その声があまりにも大きかったので、浅草寺前の広小路を行く人々は無念に目をやった。中には「財布でも落としたかい」とからかって通り過ぎる者もいた。

　金魚の推当てた色川春風の正体に気づいたのである。

「吉原で働いている奴じゃねぇかもしれねぇ……」

　無念は閃きの元となった看板を横目に見ながら歩き出した。

　紙屋の看板である。屋号の下に取り扱いの品が書いてあり、〈浅草紙《あさくさがみ》〉とあった。

　浅草紙とは、漉《す》き返しの粗末な紙であった。今でいう再生紙であり、主に落とし紙（トイレットペーパー）に使われる。反古《ほご》紙を溶かして漉き直すので色は黒く、それを黒保《くろほう》と呼ぶ。さらに手を加え、石灰を混ぜて白く漉いたものを白保《しろほう》。いずれも安価な紙であった。

漉き返しは、まず材料の反古紙を細かく裂き、釜で煮て、水で冷やす。それを絞った後、今度は墨の色を抜くために川の水で洗う。それを板の上で叩きさらに繊維をほぐす。あとは普通の紙漉と同じで、水を張った漉き舟に入れ、トロロアオイの粘《ね》着材《り》を混ぜて、簀桁《すげた》で漉くのである。

浅草紙は浅草田原町や三間町の辺りが発祥で、この時代には千住の辺りまで広がり一帯の名産品となっている。

山谷堀に架かる橋を渡り、浅草新鳥越町を進む。道なりに行けば浅草山谷町である。その先は小塚原を経て千住大橋に至る。

当時の家数は四百軒ほど。近づくに連れて、紙屋の看板はその数を増やしていく。

「浅草山谷町かぁ……。しまったなぁ。こいつは、金魚に偉そうにされるぜ」

山谷町には、明暦の大火で元吉原が灰燼《かいじん》に帰《き》した後、新しい遊廓を日本堤下へ移すための普請の間、仮宅の妓楼があった。

新しい吉原は山谷堀を越えたすぐそこである。

山谷町の紙漉たちは、釜で煮た浅草紙の材料を水で冷やしている間、あるいは川に浸けて墨の色を抜いている間は暇になる。だから男たちは吉原見物に出かけた。女郎と遊ぶわけではない。籬《まがき》の向こうの女郎を眺めたりからかったりするだけである。その行為を〝冷やかす〟といい、品物を買う気もないのに品物を眺めたり値段を訊いたりする行為を表す〝冷やかす〟という言葉の語源ともいわれる。

ついさっきまで、浅草山谷町という地名から浅草紙のことを思い出せず、紙漉、冷やかす、吉原と連想を繋げることができなかった無念だったが、おそらく金魚はすでにそこに辿り着いていたのだ——。

無念は舌打ちを連発する。

「山谷町の紙漉なら、吉原に詳しくても不思議はねぇ……」

無念は、人に訊きながらはごろも長屋を探し当て、木戸をくぐった。路地の奥の井戸端に洗濯をする女二人を見つけ、無念は歩み寄った。

「ちょいと訊きてぇんだがよぉ」

声をかける無念を、二人の女は胡散臭げに見上げた。一人は柘植《つげ》の櫛。もう一人は安っぽい塗りの櫛を差している。

「あんた、誰だい？」

塗りの櫛が訊いた。

無念はいつもどおりの皺だらけの着物、髷に結った総髪に無精髭である。そして少し臭う。

物乞いよりも少しはましな格好であったが、長屋の路地に入ってくるそんな男を警戒しないはずはない。

聞き込みをするたびに、日頃から金魚に、『もっとましな格好をしなよ。せっかくの色男が台無しだ』と言われているのが身に染みるのだが、面倒くさいという思いがいつも勝つ。

「草紙屋薬楽堂の使いの者だ。色川春風って奴に用があるんだ」

井戸端の女は二人とも二十代前半くらいで人妻の色気がある。鼻の下が伸びかけた無念は自分が戯作者であることを名乗ろうと思ってやめた。

本など読みそうにない女たちである。自分の筆名など知るはずもなかろうし、戯作者と言ったところでちやほやするような手合ではないと考えたのである。

春風の名を聞いて、女たちは顔を見合わせてぷっと吹き出した。どうやら春風は長屋でも筆名を名乗っているらしい。無念は、二人が春風の名を知らなかったらあれこれと問いを重ねてそれらしい人物にあたりをつけようと思っていたが、手間が省けた。

「春風？　ああ、春吉さんのことだね？」

からかうように塗りの櫛が言う。

「今、いるかい？」

「いないよ。時々、ふらっと来てすぐにどこかへ行っちまう」

柘植の櫛が言った。

「なんでぇ。吉原にでも入り浸っているのかい」

だとすれば、紙漉じゃねぇかもしれねぇ——。と無念はにやりとする。

「戯作を読むと、ずいぶん吉原に詳しい奴のようだ」

「そうなのかい」

二人の女は顔を見合わせる。

「ここには兄《あに》さんを訪ねて来るんだよ」

柘植の櫛が言った。

「ここには住んでないのか？」

「ああ。そこの吉五郎《きちごろう》さんのところにね」

柘植の櫛は背後の腰高障子を顎で指した。

なるほど、遊び人だから知らせ先を兄の住まいにしたのか――。と無念は納得した。

「吉五郎さんはいるかい？」

「元吉町で紙を漉いてるよ」

紙漉は兄貴の方だったかい――。

しょげかえる金魚の顔が脳裏に浮かび、無念は嬉しくなった。

塗りの櫛は真剣な表情になって、

「草紙屋ってのは、地本屋かい？」

と訊く。

「なんだい、あんた知らないのかい？」柘植の櫛が小ばかにしたように言う。

「たまには戯作を読みなよ。ばかが酷くなっちまうよ」

その言葉に、塗りの櫛は口を尖らせて柘植の櫛の二の腕を叩いた。

「なんでぇ。お前ぇさんは戯作を読むかい」無念は嬉しくなって調子に乗った。

「おれは薬楽堂から本を出している本能寺《ほんのうじ》無念って者《もん》だ」

「知らないねぇ」

と柘植の櫛は言った。

無念は名乗ったことを後悔した。

「鉢野金魚先生は知ってるよ。あの人の本は面白いねぇ」

無念の顔はますます渋くなった。

「なんだい。春吉さん、本当に戯作者だったのかい。その薬楽堂とかっていう地本屋から本が出るのかい？」

塗りの櫛が言う。

無念は気を取り直して、

「まだ出るって決まったわけじゃあねぇよ。素人戯作試合ってのがあってな。それの最後の二人に残ったんだよ」

と答えた。

「じゃあ、試合に勝てば本が出るのかい？」

塗りの櫛が洗濯の手を止める。

「まぁ、そうなるな」

「なにか奢ってもらわなくちゃ！」

塗りの櫛が柘植の櫛の手を取って言う。

柘植の櫛も大きく肯く。

「祝ってご馳走してやるとは考えねぇかい」

無念は呆れて二人を見る。

「だって、本が出ればがっぽりと儲かるじゃないか」

塗りの櫛が言う。

「ばか言うなよ。本を出す時にゃあ書き手が銭を出さなきゃならねぇ時もあるんだ。紙漉をしてる方がまだしも食っていける」

「春吉さんはふらふら遊んでいる奴だよ」柘植の櫛が言った。

「金に困っている様子もないんだから、少しくらいたかったって罰《ばち》は当たらないよ」

「その春吉さんは、仕事はなにをしてるんだ？」

「知らないよ。いっつもたいしていい身なりをしているわけじゃないから、もし吉原に入り浸れるほどの金持ちなら、ここに来る時は変装しているのかもしれないね」柘植の櫛は眉をひそめる。

「もしかして、盗人《ぬすっと》だったりして」

「きっとひもなんだよ」

塗りの櫛が言う。

「まぁ詳しいことは兄さんに訊くことにすらぁ。吉五郎が奉公してる紙屋はなんていうんだ？」

「元吉町の辻屋《つじや》っていう浅草紙屋だよ――」柘植の櫛が言葉を切って無念を見上げる。

「おとなしい人だから脅かすんじゃないよ」

「脅かしなんかするはずねぇじゃねぇか」

「あんた、得体が知れないから吉五郎さんは見ただけで怖がるよ。だからかける言葉はできるだけ優しくおしよ」

「……分かった。そうするよ」

無念は少しだけ傷ついて長屋を後にした。


元吉町は山谷町の南西、田圃の中の町である。辻屋は山谷堀から引いた用水路の近くの辻にある小さい店であった。

用水路の土手には数人の紙漉らしい男たちが煙管を吹かしている。墨の色抜きをしているのだろうが、〝冷やかし〟に飽きたか、くそ真面目な男たちなのか――。

無念は、「ごめんよ」と暖簾をくぐった。

板敷の棚には、束になった浅草紙が置かれている。前土間には客が数名いて、主《あるじ》らしい中年男から紙の束を買っていた。

主は無念の方も見ずに客たちから代金を受け取りながら、「いらっしゃいませ」と言った。

「おれは通油町の草紙屋薬楽堂の使いの者だ。紙漉の吉五郎さんに会いてぇ」

「薬楽堂さんと仰せられましたか？」主は驚いたように無念を見る。

「少々お待ちくださいませ」

客が帰ると主は居住まいを正し、

「薬楽堂さんには時々、落とし紙を納めております」

と、慇懃に頭を下げる。

「もしかして、本能寺無念さまではございませんか？」

「へへっ。よく分かったな」

無念は得意げに言ったが、すぐにだらしない格好で目星をつけたのだと気づき、唇を歪めた。

「吉五郎に会いてぇんだが、今は〝冷やかし〟ているのかい？」

無念は親指を立てて背後を指す。

「いえ。裏で紙を漉いております。ご案内いたしましょう」

主は通り土間を抜けて店の裏手に出た。

三棟ほどの小屋が並んでいて、手前の二棟の窓からは釜で紙を煮る湯気が立ち上っていた。湿ったものを棒で叩くような音が聞こえてくる。

「おい。吉五郎」

と言いながら、主は奥の小屋に入る。半裸の男たち三人が分厚い板の台の上で浅草紙の材料を叩いたり、漉き舟で紙を漉いたりしている。この小屋には紙を煮る竈《かまど》はなかった。

「へい……」

と、紙を叩く音にかき消されそうな小さい声で答え、顔を上げたのは紙漉をしている男であった。

細面で気の弱そうな顔をした男である。腕は細く、胸は肋《あばら》が浮き出すほど肉が薄かった。

「このお方がお前に話があるそうだ」

主が言い、無念は気さくに手を上げてみせる。

しかし、吉五郎は表情を凍りつかせた。

長屋の女たちは『おとなしい』なんて言っていやがったが、こいつはたいした臆病者だぜ――。

「手を休めて小屋を出な」

主は手招きする。

「いえ……。これをやっちまわないと……」

言った吉五郎は視線を小屋の中に彷徨《さまよ》わせる。

こいつは隙を見て逃げ出す気だぜ――。

無念はにこにこ笑いながら吉五郎に近づく。すぐ横に立って、

「おれは仕事が一区切りするまで見物させてもらうよ。旦那は店に戻っていいぜ」

と言った。

「左様でございますか。それでは――」

主は一礼して小屋を出て行った。

吉五郎の手はえらく震えていて、漉きを失敗した。材料を漉き舟に戻し、棒で掻き回す。

「この材料はずいぶん黒いなぁ」

「へい……。これは黒保でございやす……」か細い声で吉五郎は答えた。

「黒保を作る時には、紙を千切ったり、釜で煮て水で冷やしたり、川で晒す手間は省くんで」

「なるほどねぇ。だからこの小屋には竈がねぇのか」言いながら、無念はさらに吉五郎に近づく。

「色川春風はお前ぇの弟だって？」

その問いに吉五郎の体がびくりと震える。

「へい……。左様で……」

吉五郎の漉き舟をかき混ぜる手が速くなる。

「薬楽堂の素人戯作試合に草稿を応募してきたんだが、最後の二人に残ってさ」

「はぁ……。それはありがたいことでございます……」

「筆名と知らせ先しか書かれていなかったんだが、春風ってのはどんな男だい？」

「へい……。弟は、春吉と申しやす」

「なるほど。春吉だから春風か。色川は色街吉原の川、お歯黒溝《はぐろどぶ》か山谷堀ってことか」

「へいそのようで……。上州から出てきて、女をとっかえひっかえして食わせてもらい、遊び暮らしておりやす」

「なんでぇ。春風の戯作を地でいくような男だな」

「へい。しょうがない男でござんす……」

吉五郎の口にやっと笑みが浮かんだ。

「おれは本能寺無念っていう者《もん》だが――」

と無念が言いかけると、吉五郎は「えっ？」と驚いた顔で振り返った。

「左様でございましたか……。お作は読ませていただいておりやす」

「そうかい」無念は満面の笑みになる。

「お前ぇも戯作を読むかい」

「へい。兄弟揃って読書好きで」

「そりゃあ、ありがてぇな――。で、おれや薬楽堂の旦那、大旦那、鉢野金魚も選者をやっててな」

「金魚さまも……」

吉五郎の顔がさらに輝いたので、無念は面白くなかった。

「まぁ、金魚のことはいいんだ――。で、選者らは春風の戯作を随分気に入ってな。本人に知らせてぇんだが、今はどこにいるんだ？」

吉五郎の表情がさっと曇る。

「前は時々泊まりに来てたが、今はいつ顔を出すとも知れやせん……。ご迷惑をかけてもなんでございますんで、素人戯作試合の件はなかったことにしてくださいやし……」

「そういうわけにはいかねぇんだよ。こっちも商売だからな」

「最後の二人に残っているのなら、もう一人の方に一等を……」

「そっちは、ちょいとあてにならないんだ。下手をすりゃあ、失格ってことにもなりかねなくてな」

「左様でございますか……」

「だから、なんとしても春吉と継ぎをとっておきてぇ。居場所に心当たりはねぇか？」

「少し前は、雷門前の茶屋の女のところにいたようでございやすが、今は分かりやせん」

「なんて茶屋でぇ？」

「さぁ……。名前までは聞いておりやせん」

「そうかい。それじゃあ、片っ端から聞いて回らなきゃならねぇな――。春吉の人相風体を教えてくんな」

「はい――。自分じゃあよく分からないんですが、みんなはあっしによく似てるって言いやす。ただ、眉が太くて、右目の下に米粒ほどの黒子《ほくろ》がありやす」

「なるほど」

無念は吉五郎の人相を頭に叩き込もうと、身を乗り出してその顔を覗き込む。

吉五郎はどぎまぎと視線を外し、少し後ずさった。

「おれは――」無念は小屋の出口に歩く。

「これから雷門辺りを探すが、お前んとこに春吉が来たら、薬楽堂に来て欲しいと伝えてくんな」

「へい……」

吉五郎はほっとしたような顔で小屋を出て行く無念に頭を下げた。

そして素早く出口に駆け寄って、そっと母屋へ向かう無念の後ろ姿を確かめると、浅草紙の材料を叩いていた仲間に「すまねぇが、ちょっとだけ出てくる」と言って、小屋の隅に置いていた単衣《ひとえ》を着ると、外に飛び出した。


無念は帰り道、なにかもやもやしたものを感じ、もう一度山谷町のはごろも長屋に寄った。はっきりとは分からないが、吉五郎はなにか隠しているような気がしたのである。

洗濯物を干していたさっきの塗りの櫛と柘植の櫛の女たちに、春吉――春風の人相を確かめた。

「春吉さんは吉五郎さんによく似てるけど、眉毛がきりっと太くてなかなかいい男さ」

「右目の下の小っちゃい泣き黒子が色っぽくてさ」

二人は吉五郎とほぼ同じことを言った。

「だけど――」と柘植の櫛が付け足す。

「いっつも眉間に皺を寄せて、がらが悪いから交わした言葉は挨拶程度。話はしたことないよ」

「触ったら火傷しそうでさ」

塗りの櫛が言い、二人はげらげらと笑った。

「そうかい。ありがとうよ」

無念は苦笑しながら木戸に向かった。

その時、木戸口に人影が動いた。

そちらに顔を向けると、吉五郎が顔を出してこちらを覗き込んでいた。

いや――。眉が太く、右目の下に泣き黒子――。

「あっ！　春風！」

無念が叫ぶと、春風は驚いた顔をして走り出した。

「待てよ！　お前ぇに用があるんだ！」

木戸を飛び出すと、もう春風はいなかった。

無念はあちこちの横丁を覗いてみたが、やはり春風の姿はない。

「ちくしょうめ」

無念は息を切らせながら毒づき、踵を返して薬楽堂への道を辿った。


「――ってことで逃がしちまった」

無念は茶碗の酒を啜りながら顛末を報告した。

薬楽堂の離れである。酒盛りにはまだ早い刻限だったが、金魚の差し入れの酒と炙った目刺しを、金魚と長右衛門、短右衛門、清之助が囲んでいる。

「春風は女から女を渡り歩いているっていうから、相当恨みも買っているだろう。捨てた女の誰かが乱暴者を雇って殴らせようとしている――。おそらくそんな勘違いでもしているんだろうぜ」

無念が言うと、金魚は「なるほどね」と意味ありげに笑い、

「だからちゃんとした格好をしなよって言ってるんだ」

と言った。

「うん――。今度から聞き込みにゃあ、ちゃんとした格好で出かけることにする」

無念は素直に肯く。

「雷門辺りでは手掛かりなしですか？」

清之助は茶を啜りながら訊く。

「今日一日じゃあ回りきれねぇよ。明日、また行ってくる」

無念は答えて金魚に顔を向ける。

「それで、そっちはどうだったんでぇ？　舟野親玉は真葛婆ぁだったか？」

無念の問いに、金魚は一瞬返事の間を空けてしまった。

一同は一斉に、

「あっ！」

と叫ぶ。

金魚はぶすっとした顔をする。

「推当をはずしやがったな」

無念は満面に嬉しそうな笑みを浮かべた。

「珍しいことで」

清之助が目を丸くする。

「頭が切れるからって調子に乗ってると、そういうことになる」

長右衛門はへへへっと笑った。

「まぁ、弘法も筆の誤りということで」

短右衛門が慰める。

「で、舟野親玉は誰だった？」

無念はにやにや笑いの顔を金魚に近づける。

「松平越前さまの御屋敷にいる誰かだよ」

金魚は無念の顔に煙を吹きかけた。

「推当を外して気落ちして、本人には会ってこなかったか」

無念は、片手で顔の前の煙を追い払う。

「やっぱり暇を持て余した勤番侍だったんだぜ」長右衛門は言った。

「ともかく、最後の二人は薬楽堂に関係ねぇ奴らだと分かったのは目出度《めでて》ぇ。無念、明日は色川春風をとっ捕まえて来いよ」

「浅草寺の周りを駆け回るつもりだが――。見《め》っかりゃあいいがな」

無念は肩をすくめる。

「きっと見っかるさ」

金魚は立ち上がる。そして縁側に出た。

「あたしが呪《まじな》いをかけてやるよ」

にっと笑って金魚は沓脱石《くつぬぎいし》の草履を履いた。

五

吉五郎が長屋に戻ったのは、空が藍色に染まった頃だった。

中に入って文机の上の瓦灯《がとう》に火を入れると、橙色の明かりが思い詰めたような表情の吉五郎の顔を照らした。

背中を丸めて大きな溜息をつく。

「とんでもねぇことになっちまった……」

吉五郎は文机に置いた紙の束を手に取った。びっしりと文字が記されている。

眉が八の字になって、顔が泣き出しそうに歪む。

吉五郎は乱暴な手つきで、文机の脇に置いた行李《こうり》に紙の束を突っ込んだ。

紙の束は吉五郎が書いた戯作の草稿――。

吉五郎が春吉という人物を作ったのは二年前であった。

それまで、たまの休みには長屋でごろごろしていたし、藪入りの時は実家に帰るのも億劫で部屋に閉じ籠もって過ごした。

しかし、二年前の盆の藪入りに、吉五郎はひとつの案を思いついた。

別人になって一日を過ごすというのはどうだろう――。

知り合いの誰もが、吉五郎は引っ込み思案で人づき合いが下手なことは知っている。

だが、見ず知らずの人間の中では、自分がなりたい自分を演じられるかもしれない。試しにやってみよう。誰に迷惑をかけるわけでもない——。

そう思い立った吉五郎は、貯めた金を——とはいっても意識的に貯めたのではなく、無駄遣いのしようのない生活をしていたためだったが——財布に入れて長屋を出た。古着屋で遊び人風の派手な縞の着物を買い、部屋を出て町をぶらついた。知り合いに見られたら恥ずかしかったので眉墨で眉を太く描き、つけ黒子を買って右目の下につけた。

街の景色がまったく別に見えた。

最初は気恥ずかしさがあったが、その日の昼には茶店の小娘に軽口を叩けるようになっていた。

しかしその日の夜、部屋に戻ったのを長屋の住人に見られ、とっさに『吉五郎の弟』と嘘をついたのが、春吉の誕生であった。

正月の藪入りまでは、春吉の妄想の中に遊んだ。

やがて、地味な自分と対極にある春吉という人物に、妄想が骨肉を与えた。

兄の吉五郎とは二つ違い。幼い頃から年上の悪い仲間と連《つる》み、好き放題をしていた。十二の年に家を飛び出し渡世人になり、十六の年に女を騙して食っていく術《すべ》を身につけた——。

吉五郎はもう一度溜息をついて、行李から草稿を取り出し、粗末な硯箱《すずり》を開けて墨を擦る。

――待ちに待った正月の藪入りに、春吉のように放蕩をしてみようと街に出てみても、結局、演じきることができず、岡場所の入り口で引き返してくる始末。

〝冷やかし〟で学んだ吉原の知識を駆使して、春吉が妓楼で遊ぶ姿を克明に妄想することに楽しみを見出した。

そして、放蕩三昧を繰り返す春吉の暮らしの妄想を、吉五郎は書き溜めていく。もともと戯作を読むのが好きで、貸本屋から頻繁に本を借りていた吉五郎は、物語を書き起こすのにあまり苦労を感じなかった。

幻の春吉の趣味に戯作を書くことが加わり、筆名を色川春風とした。

吉五郎の中に、〈戯作者　色川春風〉が生まれた。

小さな話が繋がって一つの物語となった。

そんな頃、〈素人戯作試合〉の引札《ひきふだ》を見た。

せっかく書いた〝戯作のようなもの〟がある。体裁を整えて応募すれば、本になるかもしれない。

そう考えて、吉五郎は仕事が終わった夜間、草稿の推敲を重ねたのであった――。

吉五郎は筆に墨を含ませ、新しい紙に草稿の続きを書く。

すぐに頭の中から〈紙漉　吉五郎〉は消えて、〈戯作者　色川春風〉が乗り移る。

しかし、数行書いて筆が止まる。

不安が、頭の中の春風を追いやったのである。

吉五郎は自分とはまったく性格の違う分身を作り、願望を戯作として書いた。だが、それを〈戯作試合〉に出してしまって、後悔していた。

万が一、自分の戯作が世に出て、それが知り合いにばれればからかわれるに決まっている。冷やかしに吉原に出かけて見聞きしたことを元に書いた戯作であったが、読者はきっと吉五郎の体験談と思うだろう。それが恥ずかしくてたまらなくなったのだ。

真面目一方だと信じていた吉五郎が、あんなことやこんなこと、淫らなことをし放題だったなんてと、長屋の連中や仕事仲間に思われてしまう――。

初めて書いた戯作が勝つことなどありはしないとは思った。しかし、そう油断しきっている時に突然、無念が現れた。

自分が書いた戯作を褒められ、吉五郎は天にも昇るような気持ちになったが、戯作は春吉――色川春風が書いていると周りにも言ってしまっている。

嘘を上塗りするために、無念が帰った後に春吉に化け、木戸の側に立ち無念に追いかけさせた。これで無念は春吉の存在に疑いを持たないだろうが、その先の手が思いつかない。

「どうしよう……」

吉五郎は筆を置いて頭を抱えた。

「ごめんなさいよ」

戸口で女の声がした。

細身の女の影が腰高障子に映っている。

「どなたさんで……？」

吉五郎は文机の上を片づけながら訊いた。

「鉢野金魚って者《もん》だよ」

「えっ……。鉢野金魚さま……」

吉五郎の体が固まった。

「入るよ」

すっと障子が開いて、甲螺髷《ばいまげ》に算木崩《さんぎくず》しの着物の若い女が三和土《たたき》に入って来て、瓦灯のほのかな明かりの中で微笑した。

「たぶん、お困りだと思ってね。手助けに来たよ」


金魚が浅草福井町の長屋に戻ってしばらくして、腰高障子が叩かれた。

「夜分にすまん。北野《きたの》貫兵衛《かんべえ》だ」

「夜に突然訪ねて来るなんて、なんだか怪しいねぇ」

金魚はにやにやしながら障子を開けて勘兵衛を見る。

「ばか。下心などないぞ」

勘兵衛は顔を赤くした。

「冗談だよ。冗談。まぁ、上がりなよ」

金魚は貫兵衛を通した。酒を角樽から徳利に移して、猪口二つと一緒に盆に載せて勘兵衛と向かい合い、

「冷やで悪いけど」

と言って酌をする。

「それで、なにがあった?」

「うむ――。おれと又蔵は読売のネタの裏をとりに、さっきまで花川戸の辺りを歩いていた。なんとか裏がとれて、さて帰ろうかと道を引き返してたら、少し先の辻を、お前が提灯を持って歩いて行くのが見えた」

「ああ――」

金魚は銀延べ煙管を吸いつけながら肯く。確かに吉五郎を訪ねた帰り、花川戸の辺りを歩いた。

「声をかけてどこかで一杯やろうと思って急ぎ足で追いかけた――。ところが、お前の後ろを尾行《つけ》てる奴がいやがった」

「尾行てる――? どんな奴だい?」

金魚は片眉を上げる。

「侍だ。身なりのいい若侍。御家人とか旗本じゃない。どこかの御家中の家臣だ」

「どこかで一目惚れでもされたかねぇ」

金魚は科《しな》を作って微笑む。

「ばか。一目惚れした奴が、あんな目つきをして追いかけるもんか」

「あんな目つきってどんな目つきだい」

「なんだか怒っているような目つきだった。お前、若侍に恨みを買うような心当たりはないか？」

「ばか言うんじゃないよ」

答えながら、金魚はここ数日の出来事を思い返す。そして、連想が繋がっていく。

舟野親玉の知らせ先、霊岸島川口町の料理屋〈富士本〉。そこからの知らせは少し先の松平越前の御屋敷に届く——。

舟野親玉が松平家の家臣であるとすれば、あたしを尾行ていたのは、舟野親玉か？

いや、もしそうなら、怒っているような目つきなんかしない——。

ならば、尾行ていたのは、舟野親玉の同輩かなにかで、素人戯作試合の最終に残ったことを妬んで、とか——。

いやいや、怒ったような目つきをしていたからって、なにもあたしを恨んでいるとは限らない。若侍は舟野親玉その人で、戯作を書いたことを誰かに叱られて、あたしになにか相談したいと思っていたのかもしれない。怖い目は、たまたまその憎たらしい奴のことを考えていたからとか——。

「なんだか心当たりがありそうだな」

貫兵衛が金魚の顔を覗き込む。

「まぁね——。で、その若侍はまだ外にいるのかい?」

「いや。お前が家に入ったのを見て、帰って行った。今、又蔵が追いかけている。で、あの若侍は何者だ?」

「あたしの推当が正しけりゃ、霊岸島の松平越前の家臣だよ」

「なんでそんな奴に恨まれる?」

貫兵衛は驚いた顔をして訊く。

金魚は推当を語った。

「——なるほど。そりゃああありそうな話だ。暇を持て余してものを書く勤番侍はけっこういる。あの若侍は舟野親玉を嫉妬したってわけだ。だが、なんでお前を追いかける? お前が選者の一人だと知るわけはあるまい?」

「あたしが〈富士本〉に使いに行ったからだろうよ。まぁ、その若侍がなにを考えているのかは、もうちょっと情報がないと分からないけどね」

それから一刻《いっとき》(約二時間)ほど、金魚と貫兵衛は酒をちびりちびりと舐めながら過ごした。

「ごめんくだせぇやし。又蔵でござんす」

と、入り口で声がして、金魚は急いで立ち上がり、又蔵を招き入れた。

「それで、若侍の正体でござんすが――」

又蔵は金魚の酌を受けながら言う。

「霊岸島の松平越前の御家中だろ」

金魚は言った。

「さすが、金魚さん。ご明察で。それで、知り合いに、大名、旗本の家臣に詳しい奴がおりやして、帰りにちょいと寄って人相風体を話して、おそらくこいつだって男を確かめて参りやした」

「さすが又蔵。顔が広いね」

「へへっ。お褒めにあずかりやして――。で、その男の名は村山左門《むらやまさもん》といいやして、衣紋方《えもんかた》でござんす」

衣紋方とは、装束についての仕事をする役職である。主が登城する時の衣装を、季節や行事などに合わせて整え、着付けをする。

「勤めの交代なんかはどうなってる？」

「五日勤めて五日休みで」

「戯作を書く暇は十分あるね――」

金魚は銀延に煙草を詰める。

「滅法真面目な男だそうで。そんな奴が戯作を書きやすかね」

又蔵がにやりとする。

「戯作者は不真面目だってのかい？」

金魚が頬を膨らませる。

「無念を見てみろ」貫兵衛は笑う。

「お前は変わり者だし、そのほか薬楽堂に関わっている戯作を書く者たちはひと癖もふた癖もある」

「滅法真面目な者を演じるのに疲れて、戯作を書いて憂さを晴らすってことだってあるさ」

金魚はぷかぷかと煙草を吹かす。

「まぁ、用心に越したことはない。しばらくお前の身辺を警護してやろう」

貫兵衛は立ち上がった。

「そいつはありがたいけど、この件はみんなに内緒にしておいてくれないかい」

金魚は貫兵衛を見上げる。

「心配かけたくないか」

貫兵衛はにっこりとする。

「そんなとこだね」

金魚は肯いたが、本心は別にある。

舟野親玉が村山左門か、あるいは松平越前家中の侍という可能性が高くなったことを、薬楽堂の面々に知られたくなかったのである。

「分かった。村山左門の本心がどこにあるのか分かるまで、黙っておこう。もし、お前に危害を加えようとしていると分かったら、皆に相談して対策を考えるぞ」

「分かったよ」

それまでになんとか、自分が推当を外したことにならないように辻褄を合わせる方法はないものか――。自分の身の安全よりも、そういう狡《こす》っ辛《から》いことを考える金魚であった。

次の朝早くから、無念は浅草寺の周辺を歩き回り、吉五郎に似た顔の色川春風を探した。

まず、広小路に面した田原町、東仲町、並木町、茶屋町、材木町の辺りをうろつく。時に「色川春風って男を知らねぇか？」とか、「春吉って遊び人を知らねぇか？」とか訊きながら歩き回った。

初秋ではあったが暑い日で、無念は水売りを呼び止め、白玉の入った薄い砂糖水で喉を潤しながら、行き交う人々の顔を睨みつけるように観察した。

金魚は大川橋の欄干にもたれて、時々広小路に現れては通行人に胡散臭がられている無念の姿を眺めていた。同時に、こちらをうかがう若侍の姿がないかにも気を配る。又蔵が見張っているから心配はないが、やはり気になった。

「性懲りもなく薄汚い格好をしてやがるから」

苦笑しながら、金魚は橋の下流側の竹町の渡《わたし》を見下ろした。

竹町の渡は、浅草材木町から対岸の中之郷竹町の間を小舟で繋いでいる。かつては花形《はながた》の渡、業平《なりひら》の渡とも呼ばれていた。

常に六艘の舟が通っていたが、今は三艘が川を渡り、三艘が渡場《わたしば》に残っている。その向こう側に屋形舟が一艘、舫《もや》われていた。

金魚は小さく肯き、目を橋の西詰め花川戸町の家並みに向けた。

一人の男が家の陰に隠れて広小路の様子を見ている。派手な縞の着物を着流した男――。春吉に変装した吉五郎であった。

その時、材木町の辻から無念が駆け出して来た。往来の真ん中で背中を丸め、両膝に手を置いて乱れた息を整えている。

「頃合いだねぇ」

金魚は顎を反らせて呟いた。

その声が届いたわけではないが、吉五郎も同様に判断したらしく、通りに歩み出た。

何気ない様子で無念の方へ歩いて行く。

やっと息が整った無念が腰を伸ばす。

無念の顔が、半町（約五四・五メートル）ほど前方から歩いてくる吉五郎の方に向いた。

「ああっ！」

無念の声が広小路に響き、一帯の往来が一瞬止まった。

無念は吉五郎を指差し、叫んだ。

「春吉ぃ！」

指差された吉五郎は慌てた様子で踵を返し、脱兎の如く走り出す。

無念はその後を追う。

あたふたと走る吉五郎と無念の間は見る見る詰まる。

「逃げるな春吉！　話をしてぇだけなんだ！」

「うるせぇ！　手前《てめ》ぇ借金取りだろう！」

吉五郎は上擦った声を上げ、行き交う者たちを押しのけながら大川橋を走る。

金魚は『さすがしばらく春吉を演じただけはある』と、吉五郎の真に迫った芝居に感心した。

「違う！　おれは――」

無念がそう言った時、吉五郎は欄干の上にのぼった。

橋を行く人々は驚いて吉五郎を見た。

「おい、なにをするつもりだ！」

無念は欄干の手前で立ち止まる。

「どこまで逃げても追って来やがる」吉五郎が言う。

「逆さにしても鼻血も出ねぇんだよ。だから、この世からおさらばするんだ！」

「借金取りじゃねぇって言ってるだろう！」

無念が叫んだ時、吉五郎はくるりと後ろを向き、足から大川に飛び込んだ。

水音が響いた。

橋の上にいた人々は一斉に欄干に駆け寄った。無念も欄干に走ったが、ぐいと腕を引っ張られた。

驚いて腕を引いた者を見ると、金魚である。

「お前ぇ、なんでここにいる？」

「さっさと逃げるよ。ぼやぼやしてると人殺しにされちまう」

金魚は無念の手を引いて本所の方へ走り出した。


吉五郎が大川橋から飛び下りるのを見て、屋形舟の船頭は縄を解いて舟を渡場から出した。

ゆっくりと下流側に進む屋形舟の舳先《へさき》に、水の中からにゅっと手が伸びた。

屋形から、軽衫《カルサン》に投げ頭巾姿の俳諧師か八卦《はっけ》置《お》きかと見える中年男が出て来て、その手を摑み濡れ鼠の男を舟に引き上げた。

眉墨は流れ、つけ黒子もなくなった吉五郎は息も絶え絶えに屋形の中に這う。

「ご苦労だったな。さっさと着替えな」

と、風呂敷包みを吉五郎の前に放り投げた軽衫の男は北野貫兵衛であった。

大川橋の方から「身投げだ！」「誰か番所へ走れ！」という声が聞こえてきた。

吉五郎は震える手で帯を解き、濡れた着物を脱ぐと、風呂敷の中の襟が擦り切れ色も褪めた藍の着物に着替える。そして、突っ立ったまま気弱げに貫兵衛を見る。

「座ってな。すぐに着く」

貫兵衛は言うと、舳先側の障子から外に出た。

吉五郎は言われたとおりに座り、縮こまって落ち着かない様子で視線を彷徨《さまよ》わせた。

屋形舟は大川橋から少し下流、左岸の南本所石原町にある、入堀《いりぼり》へ進んだ。埋堀《うめぼり》とか梅堀、船入堀《ふないりぼり》と呼ばれる行き止まりの堀である。

石垣の護岸に舟を寄せて舫うと、貫兵衛は口止め料も含めた船賃を船頭に払い、吉五郎を促して堀の畔《ほとり》の船宿に入った。


大川橋を渡りきった金魚と無念は大川端を下流側に歩いた。

「なにがどうなってるんでぇ？」

無念は大川橋をちらりと振り返る。吉五郎が飛び込んだ辺りに野次馬が集まり、駆けつけた役人が竹町の渡に駆け下りて船頭に舟を出すよう命じている。

「ついて来りゃあ分かるよ」

金魚は無念の手を離し、少し足を速めて前に出る。

無念は不満そうな顔をしてさっきまで金魚の手を握っていた自分の掌を見て、ちょっとだけにおいを嗅いだ。

金魚と無念は埋堀の畔で左に曲がる。屋形舟はもう姿がない。

二人は吉五郎たちが入った船宿の暖簾をくぐった。

急な階段を上がって二階の座敷の襖を開ける。

無念は金魚の後ろから座敷を覗き、「あっ！」と声を上げた。

座敷には吉五郎と長右衛門、短右衛門、清之助が座っていた。

「いったいどういうこってぇ！」

無念は、吉五郎の前にどっかと座る。そして一同を睨みつけた。

「春吉が身投げしたってのに、なにをのんびりしてるんでぇ！」

「春吉はここにいるよ」

金魚はくすくす笑いながら無念の横に座った。

「どこに！」無念は部屋の中を見回し、

「隣の座敷か？」

と腰を浮かしかけた。

「違うよ」

金魚は無念の帯を引っ張って座らせた。

「あんたには一番の芝居をしてもらわなきゃならなかったからね。話をしていなかったのさ。許しておくれよ」

金魚は無念にしなだれかかり、甘い声で言った。

「な、なんでぇ。訳が分からねぇ……」

無念は顔を赤くして少し金魚から離れる。

「あたしは昨夜《ゆんべ》、吉五郎の長屋を訪ねたんだ」

金魚は煙草盆を引っ張って、銀延べ煙管に煙草を詰め、吸いつけた。

「なんで？」

無念は眉根を寄せる。

「春吉――、色川春風は吉五郎と一人二役だっていう推当を確かめにさ」

「なんだって！」

無念は驚いて吉五郎に顔を向ける。

吉五郎は首をすくめて目を逸らした。

「吉五郎は自分自身と色川春風の板挟みで苦しんでいたから、一芝居打つことにした。それであんた以外に話をしたんだよ」

「昨夜のうちにか？」

「あんたが寝ちまってからね」

「なんでおれだけはずした！」

無念はどんっと畳を叩く。

吉五郎がびくっと身を縮める。

「そう怒らないでおくれよ」

金魚は宥《なだ》める。そして、吉五郎から聞いた色川春風誕生の話を無念に聞かせた。

「――けれど一人二役には無理がある。このままじゃあ、吉五郎は長屋にも住めなくなり、辻屋で働けなくなる。だから、吉五郎が作った春風を殺すことにしたのさ」

「こんな面倒臭ぇことをしねぇで、実は一人二役だったたって言えばすむ話じゃねぇか」

無念は頬を膨らませた。

「あんたならそれですむだろうけどさ。それができない奴だっているんだよ」

「ひでぇじゃねぇか。こういう作戦だったんなら最初《はな》っから言ってくれよ。春風が大川に飛び込んだ時にゃあ肝を冷やしたぜ」

「だから、謝ってるじゃないか」金魚は科を作る。

「あんたには真に迫った芝居をしてもらわなきゃならなかったんだよ」

「無念さんは芝居がお下手ですから」

清之助がくすっと笑った。

「さて、吉五郎」金魚は吉五郎に顔を向ける。

「これで色川春風——、幻の弟の春吉は死んだ。もっとも、下流に泳ぎ渡って助かったっていう筋書きにもできるけど、そんなことにしちゃあこの芝居はなんの意味もない。それは分かるね？」

「へい……」

吉五郎は苦しげな顔である。

「おや、変だねぇ。もっとすっきりした面《つら》をしたらどうだい」金魚の口元に笑みが浮かぶ。

「なにか鬱屈があるんなら、みんな吐き出しちまえばいい」

「へい……。春吉が、色川春風が死んじまうと、もう金輪際、戯作は書けなくなるなぁと思いやして」

吉五郎の顔がさらに歪む。

「戯作が書けなくなるなんてことはありませんよ」清之助が言った。

「吉五郎さん本人として書けばいいじゃないですか」

「いえ……。色川春風って隠れ蓑がいたからこそ、あっしは戯作が書けたんで。あっしが戯作を書いていると知られれば、長屋の連中や仕事仲間が……」

「それなら、また新しい筆名を考えて——」

清之助の言葉を無念が遮る。

「それじゃあ、元の木阿弥だろうよ。また吉五郎と新しい筆名の引っ張り合いで心が裂けそうになる」

「なら、こっそりと自分のためだけに書けばいいかがです？」

清之助が言うと、一瞬吉五郎はそちらに顔を向け、驚いた表情を浮かべたが、すぐにそれは悲しそうな笑みに変じた。

「自分のためだけにでございやすか……」

「清之助。お前、戯作を書いてみたことはあるかい？」

金魚は煙管の灰を捨てて新しい煙草を詰める。

「いえ、とんでもない。わたしにはそんな才はありませんから」

清之助はぶるぶると首を振る。

「じゃあ、書いてみたいと思ったことは？」

「そりゃあ、ありますけど」

「なんで諦めたんだい？」

「だから、才がないからで……」

清之助は金魚の問いの意味を理解しかねて困った顔をする。

「お前が考える才って、どんなものだい？」

「えーと。他人《ひと》に読ませて面白いって言われるもの――。わたしにはとてもそんなものは書けないと思いまして、諦めました」

「自分のためだけに書くんなら、他人の評価なんか関係ないじゃないか」

「ああ……。左様でございますね……」

「戯作を書く奴には二通りあってさ。一つは、まったく自分のためだけに書いている奴。こいつは他人の評価なんか関係ない。誰にも読ませず、自分だけのために書いているから。昔の商売仲間には、こっそり戯作を書いて日々の暮らしの苦しさを紛らわせている女がいた」

金魚の言葉に、無念がどきりとしたようにそちらに顔を向けた
金魚は以前、梶ノ葉《かじのは》太夫という吉原の女郎であった。山下御門前の呉服問屋、大松屋《おおまつや》の主人に身請けされ神田紺屋町の仕舞屋《しもたや》で妾として暮らした。しかし、五年ほどで旦那が死に、正妻がやってきて今後一切大松屋とは関わりがないと念書を取り、金魚を紺屋町の家から追い出した。縁切りの金はたんまりいただいたが、使えば減りいつかは底をつく。それで好きな戯作で身を立てようと、草稿を書き始めたのであった。

無念は、金魚が女郎だった頃、手遊《てすさ》びで戯作を書いていた一時期があることも聞いていた。こっそり戯作を書いていた商売仲間とは、同じ妓楼の女郎のことに違いないと無念は思ったのである。

しかし、その他の者たちは〝商売仲間〟の意味を深く考える様子もなく話の続きを聞いていた。

「そして、自分のためだけに書いていることを誰にも喋らない」

「そうなんですか？」

「そうさ。清之助、お前、誰かが『実は戯作を書いていてね』と言ったら、なんて返す？」

「今度読ませてくださいよって言います」

「うん。『左様でございますか』って、右から左に流す奴もいるだろうけど、お愛想にそう言われることが多い。昔、手遊びに戯作を書き始めた頃のあたしもそうだったよ。だけど今話した商売仲間の女はそうじゃなかった。誰かに手紙を書いているふりをしながら、一心に戯作を書いていた。あたしはそれに気づいたけど、知らないふりをしてた。戯作を書いていることを知られたくない理由は様々だろうが、そういう奴らは自分から戯作を書いているとは言わないもんさ」

金魚の目に寂しそうな色がすっと浮かんで消えた。そして、話を続ける。

「だけど、吉五郎は春吉——色川春風が戯作を書いていると長屋の連中に言いふらしていた。自分のためだけに書いていたんじゃないっていう証さ。もし本が出たら、春風という幻を通して、自分の自慢をしただろうね」

金魚の言葉に吉五郎は小さく肯いた。

「もう一つはどんな人なんです？」

清之助が訊く。

「自分が書いた戯作を他人に読ませたい奴だよ。こいつは厄介でね。自分が書いた戯作は面白いと思ってるんだ。で、自分の戯作を誰かに読ませて褒めてもらいたいと考える。ところが、素人の戯作なんて書いた本人以外が面白いと思えるものなんか少ない。読まされた者はいい迷惑さ」

「それです」清之助が言う。

「わたしが戯作を書かない理由は」

「うん。そうやって諦める奴は多いと思うよ。戯作者になるのは、自分が書いた戯作を他人に読ませたい奴の中の一握り。誰かに読ませて『面白い』と褒められれば、味を占めてもっと書きたくなる」

言って金魚は吉五郎に顔を向けた。

「あんたが書いた戯作は、今のところ読んだ選者六人とも面白いと言っている。気分がいいだろう？」

「へい……」

吉五郎は恥ずかしそうに笑みを浮かべた。

「戯作を書くってのは、阿芙蓉《あふよう》を吸ってるみたいなもんでさ。誰かに読ませて『面白い』って言われた途端、もっと書きたくなっちまうんだよ。一人が二人、二人が三人と、読んでくれる奴が増えてそのたびに『面白い』って言われると、もっと、もっとと思っちまう。そしていつしか、戯作を書かないではいられなくなる」

「物乞いは三日やるとやめられねぇってのと一緒だな」

無念が自嘲するように笑う。

「戯作を書かないではいられそうにありやせんが……。そこのお若い方が仰ったように、これからはこっそりと自分のためだけに書きやす」

吉五郎は泣きそうな顔で言う。

「できるかねぇ。考えてごらんよ。春吉はもう死んじまったんだから、化けて出歩くこともできやしないんだよ。それに、あたしや本能寺無念、絵師の葛飾応為、薬楽堂の大旦那や旦那まで面白いって言ってるんだよ。それを自分独りだけのものにできるかねぇ。お前はもう、読み手から賞賛される快感を覚えちまったはずだ。自分のためだけに戯作を書くってのは、悶々としたものを己の内側で堂々巡りさせることなんだよ。お前ん中の戯作は、出口を求めて今までよりずっと苦しくなるよ――。お前の場合とはちょいと事情は違うけど、あたしにもそういう一時期があった」

金魚がまだ大松屋に囲われている頃、高名な戯作者に弟子入りしたことがあった。

その戯作者は金魚の戯作を剽窃《ひょうせつ》した。相手が有名であるために、公に抗議したところで敵うはずもなく、その戯作者と縁を切り、神田紺屋町の家で独り、戯作を書き続けていた。大松屋は読書をしない人であったので、金魚の草稿は誰にも読まれずに納戸に積み上げられた。

悶々としたものが自身の中で堂々巡りして、出口を求めて金魚を苦しめた。そして、金魚は自分の戯作を薬楽堂に持ち込んだのであった。

「やっぱり……、たくさんの人に読んでもらいてぇ……」

吉五郎は啜り泣き始めた。

「戯作は書きてぇ」長右衛門が顔をしかめる。

「だけど自分が戯作者であることは知られたくねぇ。それでもたくさんの人に戯作を読んでもらいてぇ。まるでガキじゃねぇか。どれかを我慢しなきゃどうにもならねぇぜ」

「あんたの戯作はまだ、そのまま本にできるくらいのもんじゃない」金魚が言う。

「あんたが一番になっても、あたしらが少々手を入れなきゃならない。もうひとがんばりして、戯作者色川春風におなりよ」

「でも……」

吉五郎は涙に濡れた顔を金魚に向けた。

「考えたんだがよぉ」無念が腕組みをしながら言った。

「吉五郎が否応なく戯作者の道を歩まなければならないって状況を、長屋の連中や仕事仲間が納得すりゃあ、揶揄《やゆ》されることもねぇんじゃねぇか？」

「なにかいい案を思いついたかい？」

金魚は煙管の灰を灰吹きに捨てる。

「虚仮《こけ》にされたまんま、この件を結びたくはねぇからな」

「言ってみなよ」

「吉五郎が色川春風だって話は、おれたちだけしか知らねぇ。長屋の奴らも仕事仲間も、春風、つまり春吉は吉五郎の弟だと思いこんでる――」

無念は策を語った。

金魚たちは肯きながら聞いていたが、吉五郎の表情はだんだん硬くなっていく。

「できるでしょうか?」

無念が語り終えると、吉五郎は溜息交じりに言った。

「やるしかないだろ」

金魚が言う。

「おっ。おれの案を認めてくれるかい」

無念は嬉しそうな笑みを浮かべる。

「芝居の下手なあんたが上手くできるかどうかが問題だけどね」

金魚はにっと笑った。

「おれじゃ効果が薄いんだよ」無念は鼻に皺を寄せる。

「こいつは金魚、お前ぇにやってもらわなきゃならねぇ――」

無念は子細を語る。

「なるほどね。それはお気の毒さま」金魚はけらけらと笑った。

「分かったよ。あたしが上手くやる」

「――ってことで、お前が戯作を書き続けられるよう、おれたちが仕組んでやる。最終候補になったこと、受け入れるかい？　もっとも、まだお前ぇが一番に決まったってわけじゃあねぇがな」

無念は真剣な顔で吉五郎を見た。

「へい……」

吉五郎は無念の視線を受けとめて、小さく答えた。

「一番になったとしても、紙漉は辞めるんじゃねぇぜ。戯作だけで食っていけるのはほんの一握りだ」

六

次の日の朝。金魚は浅草山谷町のはごろも長屋に向かった。

奥の井戸端では女房たちが朝餉《あさげ》の後の洗い物をしていた。無念が話を聞いた柘植の櫛と塗りの櫛の女もいた。

「ごめんなさいよ」

金魚は女たちに近づきながら声をかけた。

女たちは裏長屋には場違いな艶やかな金魚を見上げる。

裾に色づき始めた紅葉の図柄を散らした着物に、深い紅《くれない》の革の煙草入れ。前金具は富士薊《ふじあざみ》である。甲螺髷に差した簪は平打ちの銀であった。

「どなたさんで？」

　一番年嵩の女が訊いた。

「草紙屋薬楽堂の使いで、鉢野金魚っていう者《もん》だよ」

「鉢野金魚先生！」と柘植の櫛の女が飛び上がる。

「色川春風先生をお訪ねでございますね？」

「まぁ、そうなんだけどね……。春風さんのことで、兄《あに》さんの吉五郎さんに話をしに来たんだよ」

　金魚は悲しげな表情を作る。

「左様で……。吉五郎さんは風邪をひいたとか言って伏せっておりますが、こちらでございます」

　柘植の櫛は言うと、吉五郎の部屋の前に金魚を導く。

「吉五郎さん、吉五郎さん。お客さんだよ」

　柘植の女は中に声をかけた。

「へい……」

　返事が聞こえて腰高障子が開いた。

　どぎまぎした様子で吉五郎は金魚を見た。

「あんたが春風さんの兄さんかい。春風さんのことでちょいと知らせたいことがあってね。入ってもいいかい？」

「へい……。散らかしておりやすが」

吉五郎は板敷に上がって夜具を片付け、枕屛風で隠した。

金魚は後ろ手に腰高障子を閉めるが、少しだけ開けておいた。忍ばせた足音が聞こえ、障子に女たちの影が映る。

金魚はその気配を感じながら三和土に草履を脱いで、板敷に上がった。

「どういうご用件で……」

吉五郎は金魚に向かい合い、正座する。

「気の毒な知らせなんだ」金魚は溜息をつく。

「色川春風――、あんたの弟さんの春吉さんは、昨日大川に身を投げて死んじまったよ」

背後で息を飲む音が聞こえた。

「なぜ……、身投げなんかを？」

「借金取りだか、前につき合っていた女が雇ったごろつきだかに追いかけられて、捕まるよりは死んだ方がましって、飛び込んだらしいよ」

ここまでは、金魚の筋書きどおりであった。

苦しんでいるなら、いっそのこと春吉を殺しちまえばいい。その後は、吉五郎がきっぱりと戯作を書くことをやめるか、あるいは書き続けたいかの意思を確かめてから策を練ろうと思っていたのだが――。

無念の策が思いのほかよかったので、それに乗ったのである。春吉殺しの策略を告げなかったという罪滅ぼしの意味もあって、無念の策を使うことにしたのであった。

「左様でございましたか……」

吉五郎は手拭いを出して啜り泣く芝居をする。春吉を演じた芝居より下手くそだった。

「それで、あんたに相談だ」

金魚は言う。ここからが無念の筋書きである。

「昨日、本能寺無念って男が来たろう？　あれから無念は春吉さんのことを調べてたんだ。そしたら、春吉さんが『うちの兄さんはおれなんかよりずっと文才がある』って言ってたって聞き込んできた。あんたも戯作を書くのかい？」

「戯作と申しますか……。由無《よしな》しごとを徒然《つれづれ》なるままに……」

どこかで聞いたような台詞に、金魚は笑い出しそうになったが、ぐっと堪えて、

「それなら、春吉さんの遺志を継ぐ気はないかい？」と真面目な顔で言った。

「春吉さんは仲間に『おれは戯作者になりてぇ』って話してたそうだ。春吉さんの戯作は、試合の最後の二つに残ったくらい、いいものだった。あんたが春吉さんより文才があるんなら、遺志を継いでやった方がいいんじゃないかと思ってね」

「あっしに戯作を書けと？」

「ものになるかどうかは、読んでみなけりゃなんとも言えないが、春吉さんの弔いだと思って、一作書いてみたらどうだい」

「しかし……。そんなことを急に言われても……」

「ゆっくり考えればいいさ。素人戯作試合の結果が出るのはまだ先だ。まぁ一等にならなくても、手直しをすれば本になる。手始めに弟の戯作の推敲をしてみるのはどうだい？　わずかばかりだろうが手間賃も払えるよ」

「はい……」

「死んだ弟の作を兄貴が推敲したなんてのは売り文句にもなる。その後に兄貴が書いた本が出れば、それも話題になる――。金の亡者のうちの大旦那も乗り気なんだよ」

「左様で……」

「それじゃあ、試合の結果が出たらまた来るから。その時までに心を決めておいてくれよ」

金魚は立ち上がった。

慌てたような足音が遠ざかる。

障子から女たちの影は消えていた。

金魚が外に出ると、女房たちはなに食わぬ顔で鍋や釜を洗っていた。

金魚は「お世話さま」と声をかけて木戸へ向かう。背後で女たちが一斉に動く音が聞こえた。

　吉五郎の部屋から賑やかな女房たちの声が響く。

「立ち聞きするつもりはなかったんだけどさ。聞こえてきたもんで、つい聞き耳を立てちまったんだよ」

「吉五郎さん、やってみなよ」

「忙しくって飯を炊く暇や、洗濯する暇がなくなったら、あたしたちが手伝ってやるからさ」

「うちの長屋から戯作者さまが出たら、あたしらも鼻が高いよ」

　金魚はくすくす笑いながら長屋の木戸を出た。

　元吉町の方から駆けてくる無念の姿が見え、金魚は立ち止まった。

「そっちはどうだった？」

「こっちより、そっちは大丈夫だったのかよ？　長屋の者たちの勧めもあって、吉五郎は弟の遺志を継いで戯作を書いてみることにしたって言って来たんだ。そっちが上手く行ってなけりゃあすべて水の泡だぜ」

「金魚姐さんを甘く見るんじゃないよ。口八丁手八丁で人を騙くらかすのはお手のものさ」

　二人は並んで薬楽堂への帰り道を辿る。

「しかし――」無念は腕組みする。

「商売敵になるかもしれねぇ奴なのに、なんでおれたちはここまでしてやるんだろうな。うっちゃっておきゃあいいじゃねぇか。お人好しにもほどがあるぜ」

金魚はくすくすと笑う。

「戯作を書こうなんて奴はさ、きっと似たような傷みたいなものを心の中に持っているのさ。思わずそれを舐めあっちまうんだろうね」

「だがよ。自分より上手い奴を追い落とそうとする戯作者だっているぜ」

「まぁ戯作者も人それぞれ。他人の傷を舐めたくない奴だっているさ。ってことは、あんたの言うとおり、あたしたちはお人好しなんだよ」

金魚はぱっと無念の前に回り込み、

「お人好し同士、手を繋いで帰ろうか？」

と、悪戯っぽい笑みを浮かべて手を差し出した。

「ばっ、ばかなこと言うねぇ」

無念は腕組みに力を込め、足早に歩き出す。

「あっ。待っておくれよ」

金魚は言って無念に追いつき、後ろから袖を摘んで微笑みながら歩いた。

「あれ？」

無念は目を細くして前方を見やる。

「あれは貫兵衛じゃねぇか？」

確かに浅草新鳥越町四丁目の方から北野貫兵衛が歩いて来るのが見えた。貫兵衛は一瞬足を止めて左の路地に入るような様子を見せたが、なにか諦めたような風情で肩をすくめ、金魚たちの方へ歩き出す。

お互いに早足で近づき、金魚と無念は貫兵衛に向かい合い、立ち止まった。

「無念も一緒だったかい」貫兵衛は顔をしかめる。

「まぁ、歩きながら話そうぜ」

「急ぎかい？」

金魚は眉根を寄せる。

「片をつけようと思って来たんだが――」貫兵衛はちらっと無念を見る。

「無念も一緒だとは思わなかった」

「おれが一緒だとまずいことをしようとしてたのか？」

無念が怒った顔を金魚に向ける。

「仕方がないねぇ――」

金魚は溜息をついて、村山左門という若侍に尾行《つけ》られている話をした。

「なんだって！」

辺りを見回そうとする無念の腕を、金魚がぐいっと引き寄せる。

「駄目だよきょろきょろしちゃ。まだ尾行て来てるんだろ？」

金魚は貫兵衛に訊く。

「ああ。又蔵が張りついてる。吉五郎の件が片づいたなら、村山の件に一気に始末をつけようと思って来たんだよ」

「うん。つけちまおう」金魚は言った。

「いつまでも尾行まわされたんじゃ、気持ちが悪くて仕方がない」

「お前がやるというなら――」

貫兵衛は兵略《へいりゃく》を語った。

「おい、金魚。相手は侍なんだろ?」

無念が怖じ気づいた顔をする。若侍が舟野親玉ではないかということも、もしそうならば金魚の推当が外れたのだということも、無念の頭にはないらしい。

金魚はほっとして、

「怖いんなら、先に帰ってもいいよ」

と、小馬鹿にしたような笑みを見せる。

「そんなことできるもんかい!」

無念は意地になって言った。

「それなら、おれと一緒に来い」

貫兵衛はぐいっと無念の腕を引っ張った。

「いいじゃないか。一杯やって行こう。金魚。お前も一緒にどうだ?」

貫兵衛は大きな声で言う。

「あたしはちょいと野暮用があるんだよ。二人で飲みな」

金魚は手を振って、道の右の、寺が建ち並ぶ界隈に足を進めた。

無念は貫兵衛に引きずられるように近くの居酒屋へ入った。

寺の築地塀の間を抜けると、田圃が広がっていた。金魚は左手の神社の小さな杜《もり》へ歩く。

又蔵が見張ってくれていることは分かっていてもどきどきした。

敏感になった耳に、後ろから近づいてくる足音がはっきりと聞こえた。

金魚は走り出す。

後ろの足音も、慌てたように走り出す。

金魚は神社の参道に駆け込む。

視野にちらりと若侍の姿が見えた。

鳥居をくぐって、社殿の前まで走る。宮司が常駐しない小さな神社で、境内には人気が無かった。社を囲む杉の木の間から、陽光が斜めの柱となって差し込んでいる。

金魚は慌ただしく鈴を鳴らし、柏手を打って、

『どうか、無事に帰れますように!』

と祈った後、大きく息を吸い込んで、くるりと後ろを振り返った。

参道を走って来た若侍――、村山左門はぴたりと止まった。金魚まで五間(約九メートル)ほどの間合いである。

少し後ろの杉の木の陰から又蔵が顔を出し、金魚に向かって『大丈夫でござんすよ』と言うように微笑んで肯いた。

「なんの用だい！」

金魚は又蔵の姿に安心して、左門に怒鳴った。

左門は当惑した表情を、首を振って払い落とし、金魚を睨みつける。

「舟野親玉のことは忘れろ！」

「なぜだい！」

「なぜでもだ！」

「あんたが舟野親玉かい！」

「違う！」

即座に返ってきたその言葉に嘘はなさそうで、金魚は少しほっとした。それで気が大きくなり、長い啖呵《たんか》をまくしたてる。

「忘れて欲しいんなら、舟野親玉を連れて来な！　本人が言うんなら、忘れてやらないでもないよ。こっちは長い時をかけて、何人もが舟野親玉の草稿を読んでるんだ。そんな手間をかけさせておいて、使いの者に乱暴な言葉で忘れろって言われたって、大人しく『はいそうですか』なんて答えられるもんかい！」

「やかましい！」

左門は怒鳴って刀の柄に手をかける。

「なんだい！　女に言い負けて悔し紛れに斬るってのかい！　上等だ、やってもらおうじゃないか！」

金魚は上目遣いに左門を睨みつけて、ずいっと一歩前に出た。

「さぁどうする！　あたしを斬るかい？　それとも、舟野親玉を連れて来て、頭を下げさせるかい！　さぁ、さぁさぁ！」

金魚は摺り足で左門に近づく。

左門は刀の柄を握ったまま、二歩、三歩と後ずさる。

「舟野親玉はお前の同輩かい？　それとも目上かい？」

語調強く訊きながら、金魚は左門の表情を読む。『目上の者』で、視線が動いた。

「そうかい。目上の者かい」

金魚の断定に、左門の表情に動揺が走る。

「目上の者が戯作なんかを書いている。くそ真面目なお前はそれが我慢できなかった。書いているだけでも腹立たしいのに、素人戯作試合に出して、最後まで残ってしまった。もし一等になって戯作が世に出れば、いかに筆名で書いていたとしても、いずれは正体が知れてしまう。松平越前さまんとこから戯作者が出ちゃ、世間体が悪い」

「なぜ主君の名を……」

左門は驚いた顔をする。

「鉢野金魚さんを甘く見るんじゃないよ。村山左門！」

金魚が言い放つと、左門は歯がみして、すらりと刀を抜いた。

金魚は目を見開き、凶暴な光を放つ刃を見つめた。

口の中がからからに渇いた。

ここで退《ひ》いちゃならないよ——。貫兵衛だって又蔵だっているんだ。いざとなったら助けてくれる。

もう一押しして、舟野親玉の正体を喋らせなきゃ——。

金魚は口を開いたが、声が裏返りそうだったので、口の中に唾を湧き出させ、ごくりと飲み込む。

「人斬り包丁に金魚さんが怖じ気づくと思うかい！」

威勢のいい言葉を放ったが、語尾が震えた。

「手前ぇ！　この野郎！」

突然、罵声が響き渡り、社の後ろから無念が飛び出して来た。

杉の木の陰から顔を出した又蔵が『やっちまった』と顔をしかめる。

無念は金魚と左門の間に割り込んで、

「金魚に指一本でも触れてみろ。おれが許さねぇぜ！」無念はちらりと金魚を振り返る。

「金魚、安心しな。おれが守ってやるぜ」

英雄の気分に浸っている無念は、金魚の苦笑いに気づかない。

「おのれ……」

と唸りながらも、左門は刀を収めた。そして踵を返し、参道を走り去った。

「ばか」

金魚は無念の背中を軽く叩いた。

「なにがばかでぇ」

無念は不満そうな顔をする。

「飛び出すのが早過ぎるんだよ」

社の裏から呆れ顔の貫兵衛が現れる。

「舟野親玉の正体を喋らせる好機だったんでござんすよ」

又蔵が苦笑して杉の木の陰から出て来た。

「な……、なんでぇ。おれが兵略を台無しにしたってのかい。だって、あのままじゃあ、金魚が斬られちまったかもしれねぇんだぜ」

無念は慌てたように言い訳した。

「村山左門に殺気はなかった。刀を抜いたのはただの威しだ」

貫兵衛が言う。

「殺気のあるなしなんて、おれに分かるわけねぇじゃねぇか！」

「まぁ仕方がないね」金魚は無念の腕に自分の腕を絡める。

「『金魚、安心しな。おれが守ってやるぜ』って台詞、あたしゃ痺れたよ」

無念の口まねをしながら金魚が言うと、無念は真っ赤な顔でその腕を振り払った。

その勢いをかりて、金魚はくるりと体を回し、弾むような足取りで参道を歩き、一同を振り返る。

「さて、一杯引っかけてから薬楽堂に帰ろうじゃないか。実のところ、左門が刀を抜いた時には肝を冷やしてさ。今になって震えがきちまったよ」

確かに、金魚の笑みを浮かべた唇は微かに震えていた。


昼をだいぶ回った頃、金魚たちは薬楽堂に戻った。

金魚は本当に怖かったのだろう。あっという間に数本の徳利を空けて、居酒屋を出る時にはかなり機嫌がよくなっていた。

金魚は「いい酔い醒まし」と言いながら無念の腕にすがりつくようにしてぶらぶらと帰り道を歩く。

最初は照れくさそうにしていた無念もしだいにまんざらでもない様子になっていった。

鳥越橋を渡った辺りで、又蔵が後ろから、

「もう家に帰ったらどうです？」

と声をかけた。金魚の住む浅草福井町はすぐそこである。

無念に送ってもらえと気を利かせたつもりだったが、

「吉五郎の件が上手くいったことを大旦那に知らせなきゃならないからね」

と金魚は返した。

柳橋を渡り、両国広小路を通って、横山町と米沢町の間を通る。

もうすぐ薬楽堂というところで、小僧の竹吉《たけきち》、松吉《まつきち》が店の前に立っているのが見えた。

無念はなにかあったに違いないと、袖を摘む金魚の手を振りほどいて清之助に駆け寄る。もしかすると、左門が押し掛けてきたのかもしれない――。

「どうしてぇ？」

無念は息を切らせながら訊いた。

「金魚さんにお客さんです」

竹吉はなにやら困ったような顔である。

「客は誰だい？」

のんびり歩いて来た金魚が聞く。

「尼さんで」

前に立った金魚を見上げて松吉が答えた。

「尼さん？」

金魚は眉をひそめる。

「尼さんだってぇ？」

無念は拍子抜けしたように言った。

「それから、若いお侍さんも――」

金魚と無念、貫兵衛、又蔵は顔を見合わせた。

「尼僧に知り合いはいないけど、若い侍には心当たりがある」

金魚は言った。酔いはすっかり吹っ飛んでしまったようで、真剣な表情である。

「やっぱり仕返しに来やがったか」

無念が言う。顔には微かに怯えの色が浮かんでいた。

「こっちはなにもやってないんだ。仕返しはないよ」

金魚がひらひらと手を振る。

「お前ぇ、罵詈《ばり》雑言《ぞうごん》を浴びせたじゃねぇか」

「なんだい。さっきはえらく威勢がよかったのに、今さら怖じ気づいたかい」

金魚がからかう。

「お名前を聞いても金魚さんがお戻りになってからと教えてくださらないんですよ」

竹吉が言う。

「大旦那はなにか知っているようですが、尼さんがそう言うんで黙っておいでです」

〈尼〉という言葉と長右衛門はなにか知っているということを軸にして、金魚の頭の中に色々な事柄が渦巻き始める。そして、一つ、二つと既知の出来事がその軸にくっついていく――。左門の件は上手く結びつかなかったが、そのほかは全て繋がった。

「あっ！」

金魚は声を上げて店に飛び込んだ。

通り土間と中庭を駆け抜けて離れに近づくと、尼僧がこちらを向いて微笑を浮かべ、静かに頭を下げた。村山左門が隣に座っていて、むすっとした顔で金魚を見ていた。

金魚も一礼し、離れに上がった。

口を一文字に結んだ長右衛門が部屋の隅に移動し、金魚に尼僧に対峙する座を譲った。

「拷子《たえこ》さまでございますね？」

金魚は訊いた。

「あら。ご存じでございましたか。それは残念。金魚さんが推当を外して悔しがるお姿を見られると思っておりましたのに――。まずは村山左門どのの無礼をお詫びいたしましょうね。たいそうご迷惑をかけましたようで、申し訳ございません」

金魚に拷子と呼ばれた尼僧は頭巾の頭を下げた。

無念が中庭に駆け込む。対峙する金魚と尼僧を見て眉をひそめた。そして――。

「あっ。あんた、萩尼《はぎのあま》だな！　村山左門はあんたの用心棒か？」

その言葉に、尼僧は無念に顔を向けた。

「そういうあなたは本能寺無念さまでございますね。ぼんくらだと聞いておりましたが、なかなかの切れ者ではありませんか。左門どのが用心棒という推当は大きく外れておりますけれど」

「ぼ、ぼんくらだと……」

　無念は縁側に駆け寄り草履を蹴飛ばすように脱いで、金魚の横に座った。

　貫兵衛と又蔵は縁側に座り、万が一左門が刀を抜いたならばすぐに飛び込めるよう姿勢を整えた。

「大旦那がなにか知っているようだってのは、そういうことだったのかい」

　無念が言うと、長右衛門は渋い顔で肯いた。

「松平越前さまの御屋敷にいたのはあんただったかい」

　金魚が尼僧に言う。

「金魚さまが霊岸島の料理屋〈富士本〉で『知らせが来たら、築地南飯田町の島本さまのお宅に知らせに行くんだろう?』と訊き、女将が『松平越前さまのお宅に知らせる』と答えたと聞きました」

　にこにこ笑う尼僧を金魚は睨みつけた。

「それで、そのままお帰りになったとも聞いて、ちょっとがっかりいたしました。てっきりそこでわたくしのことを思い出していただけると思っておりましたのに。でも、同時になにやら嬉しくなりまして」

　尼僧は口元を隠してくすくすと笑う。

庭に竹吉と松吉がおずおずと現れて、

「その尼さん、どなたでござんす？」

と松吉が聞いた。

「真葛婆ぁの妹さんだよ」

金魚は尼僧を見つめたまま言った。

「えっ？」

竹吉と松吉は同時に驚きの声を上げる。

「でも、ぜんぜん似てやせんよ」と松吉。

「こっちの尼さんの方が上品でござんす」

「お褒めの言葉をいただき、恐悦至極」

と萩尼は松吉に頭を下げる。

「うわべは違っても、中身は同じだよ。人が推当をしくじったのを面白がっていやがる――。真葛婆ぁが、あんたを介して馬琴先生との文のやり取りをやっていたことを、今の今まですっかり忘れていたよ」

金魚は苦い顔をした。

只野真葛の妹、拷子は、三十万石の福井藩主松平治好《はるよし》の奥に奉公していた。文化九年十二月二十六日に仕えていた定姫が没したために三十過ぎで剃髪。その後も霊岸島の松平越前邸に住んでいた。

「真葛婆ぁは、贔屓目なしに、自分の戯作の腕がどれほどのものか知るために、舟野親玉という筆名を使い男の筆跡に変えて、素人戯作試合に応募した。そして、結果を自分の目で確かめるために江戸に出て来た。けれど、越後屋のおつゆの件で、思いがけず早く仙台に戻らなければならなくなった――」

　金魚は悔しそうに言う。

「そこまで推当てて、意気揚々と〈富士本〉にお出かけになったのに、言伝の知らせ先が松平越前さまのお屋敷と聞いてすごすごとお帰りになった」萩尼はくすくす笑う。「姉はさぞかし残念がることでございましょう。自分の策によって金魚さまがこれほどにへこむ様子を見られなかったのでございますもの」

「あんたに知らせが届くことになったのは――」無念が口を挟む。

「おつゆの件があったからで、たまたまじゃねぇか。真葛婆ぁの策じゃねぇぜ」

「いいえ無念さま。万物は生々流転《しょうじょうるてん》。目まぐるしく移り変わるものでございます。状況が変われば策も変わる。姉が仙台に戻ったならば、江戸との継ぎはわたしが取るであろうと読めなかった金魚さまの負けでございますよ」

「そのとおりだね」金魚は溜息をついた。

「それで、あたしが悔しがる様子をわざわざ見に来たってわけかい――。で、村山左門が一緒にいるのはなんでだい？」

「さっきから聞いてれば――」左門は顔を真っ赤に染め、こめかみに血管を浮き上がらせる。

「侍を呼び捨てにしおって！」

左門は金魚と無念を睨みつける。

「左門どの。あなたが乱暴にも刀を抜くなどということをなさるから、嫌われるのでございます。自業自得。しばらく我慢なさいませ」

萩尼はそうたしなめると、金魚に顔を向けてにっこりと笑う。

「推当をうかがいましょう」

「左門がなんであたしを尾行《つけ》回してたのか推当てろってのかい？」

「左様でございます。名誉挽回の機会を差し上げております」萩尼は澄ました顔で言った。

「すでに手掛かりはすべて手の内にあるはず。ほれほれ、早《はよ》うお聞かせくださいませ」

「真葛婆ぁより質《たち》がわるいよ――」金魚は舌打ちした。

「聞きたいんなら聞かせてやるよ――。まずは、真葛婆ぁのことだ。なぜ真葛婆ぁは、江戸に出て来た時、あんたを頼って霊岸島の松平屋敷に逗留せずに築地南飯田町の島本さまのとこに厄介になったのか。それはきっと、松平越前さまの御家中みんながあんたが真葛婆ぁと曲亭馬琴先生との文のやり取りの仲介をしているのが気に食わなかったから。馬琴先生は人気の戯作者とはいえ、下らない娯楽物の本の作者。御屋敷に住む者がそんな奴に関わって欲しくなかった。いくら真葛婆ぁが鉄面皮であっても、そんな針の筵《むしろ》みたいなところにいたくはない――」

「そこまでは当たっております」

萩尼は大袈裟に手を叩いて見せる。

金魚は不愉快そうに鼻に皺を寄せて続ける。

「もしかすると、松平家中の誰かが真葛婆ぁの【独考《ひとりかんがえ》】を読んじまったのかもしれないね。あれは侍の世を批判してる部分もあるから、それで松平家中の侍たちは真葛婆ぁに腹を立てていた」

「それも当たっております。ささ、続きを早う」

萩尼は掌を振って先を急かす。

「ところが、真葛婆ぁは、今度は素人戯作試合なんてものに応募してしまった。そしてそれが最後の何作かに残ったらしい。もし本になって世に出れば、困ったことになる」

「舟野親玉という筆名で出すのだから問題はあるまい」

貫兵衛は口を挟む。

「筆名を使ったって、正体はすぐにばれちまうよ。それが松平越前さまに関わりのある者の姉だって分かったら、読売屋は面白おかしく書き立てるだろ？」

金魚は言った。

読売屋の貫兵衛は、「なるほど、書き立てるであろうな……」と答えた。

金魚は左門に目を向ける。

「村山左門は、滅法真面目な男だって聞いた。きっと、家名に少しでも傷がつくのを許せなかったんだろうよ。なんとかして、舟野親玉の本が出るのを阻止しようと思った——。違うかい？」

「ご明察でござる……」

左門は不愉快そうな顔のまま肯いた。

「それで、あたしの悔しがる顔を見るついでに、村山左門の件を謝罪しに来た——。どうだい？」

「当たっておりますが、その件はほんのおまけ」

萩尼は微笑んだまま答える。

「おまけだって？」

金魚は眉根を寄せた。

「訪問の本当の目的は、姉のお使いでございます。姉は仙台でございますから、直接皆さまに本心をお話しすることは叶いません。それでわたくしが、それをお伝えに参ったのでございます」

「本心とは？」

長右衛門が片眉を上げた。

「もし舟野親玉の【江戸怪談　輪廻の契】が最後の何作かに残ったならば、薬楽堂の方々にただの腕試しだったということをお知らせし、草稿を引き取ってこいと申しつけられたのでございます」

萩尼の言葉に、金魚たちは顔を見合わせる。

「どれほどの腕か知りたいだけだったから、本は出さなくていいってことかい」

金魚は訊いた。

「さて――。わたくしは草稿を引き取って来いと申しつけられただけで、姉がその後どうしようと思っていたのかは存じません」

「きっと本は出さねぇって駄々をこねて、写本料を吊り上げるつもりだぜ」

無念がしかめっ面をする。

長右衛門は黙ったまま、文机の上から舟野親玉の草稿を取り上げて丁寧に風呂敷に包み、萩尼の前に置いた。

「真葛さんにお伝えください。薬楽堂は素人戯作試合の結果とは別に、舟野親玉の本を出したいから、連絡が欲しいと」

長右衛門の言葉に、萩尼は肯いて草稿の包みを持つと立ち上がった。左門も脇に置いた刀を取って立った。

貫兵衛と又蔵が何気ない様子を装いながら身構える。

「姉との文のやり取りに、時折ここを訪ねることになりましょう。馬琴先生のところへお使いに行くよりはずっと楽しくなりそうでございます」

「村山左門も一緒に来るのかい？」

金魚は萩尼と左門を見上げる。

「左様でございますね。ちゃんと〝さま付け〟で呼んでもらえるようになるまで、供にいたしましょうか」

左門はむっとした顔をしたが「否《いな》」とは言わなかった。

萩尼は一礼して、左門は会釈もせず離れを辞した。

いつの間にか中庭に来ていた短右衛門と清之助が竹吉、松吉と共に頭を下げて萩尼を見送る。

「おい！」長右衛門が中庭の短右衛門たちに言う。

「みんなで雁首揃えやがって。店はどうしてぇ！」

「ちょうど、お栄さんがいらしたんでお願いを……」

短右衛門は頭を掻きながら言った。

「金魚さん、負けちまいやしたね……」

松吉が心配そうな顔で金魚を見る。

「まぁ、そういうこともあるさ」

金魚は帯から煙草入れを抜き、銀延べ煙管を出して睨みつける。真葛と取り替えっこした煙管である。

「さっさと店へ戻れ」

長右衛門は犬でも追い払うように手を振った。短右衛門と清之助、竹吉、松吉は慌てて通り土間に走る。

「結局、残ったのは色川春風だけかい」

長右衛門は唸って腕組みをした。

「素人戯作試合なんだから、ちょうどいい一番だろ」

金魚は煙管に煙草を詰めて煙草盆の火入れで吸いつける。

「おれたちも春風に負けねぇように頑張って書かなきゃならねぇな」

無念も煙管を出し、金魚の煙草入れから刻みを摘んで火皿に詰め、吸いつけた。長右衛門も金魚の煙草を失敬する。

「あたしを一緒にしないでおくれよ。頑張るのはあんただけ。あたしはひらひらと泳いでいくさ」

金魚は忙しなく煙草を吹かす。火皿の煙草が明るく輝き辛みが増して、金魚はちょっと顔をしかめた。

離れの中に、もうもうと煙が渦巻いた。

■参考文献

和本入門　千年生きる書物の世界　橋口侯之介　平凡社ライブラリー
江戸の本屋と本づくり【続】和本入門　橋口侯之介　平凡社ライブラリー
和本への招待　日本人と書物の歴史　橋口侯之介　角川選書
江戸の本屋さん　近世文化史の側面　今田洋三　平凡社ライブラリー
和本のすすめ　江戸を読み解くために　中野三敏　岩波新書
書誌学談義　江戸の板本　中野三敏　岩波現代文庫
絵草紙屋　江戸の浮世絵ショップ　鈴木俊幸　平凡社選書
只野真葛　関民子　吉川弘文館人物叢書新装版

また、執筆にあたり、神田神保町 誠心堂書店店主・橋口侯之介氏には、今回も大変有益な助言をいただきました。御礼申し上げます。

なお、フィクションという性質上、参考資料やご助言をあえて拡大解釈し、アレンジしている部分があります。

本作品は、だいわ文庫のための書き下ろしです。

平谷美樹（ひらや・よしき）

一九六〇年、岩手県生まれ。大阪芸術大学卒。中学校の美術教師を務める傍ら創作活動に入る。二〇〇〇年『エンデュミオンエンデュミオン』で作家としてデビュー。同年『エリ・エリ』で小松左京賞を受賞。二〇一四年、歴史作家クラブ賞・シリーズ賞を受賞。他の著書に「風の王国」「ゴミソの鐵次　調伏覚書」「修法師百夜まじない帖」「貸し物屋お庸」「江戸城　御掃除之者！」シリーズ、『でんでら国』『鉄の王　流星の小柄』『伝説の不死者―鉄の王―』『雀と五位鷺推当帖』『義経暗殺』『鍬ヶ崎心中』等、多数がある。

だいわ文庫

草紙屋薬楽堂《そうしややくらくどう》ふしぎ始末《しまつ》 月下狐《げっかきつね》の舞《まい》

著者　平谷美樹《ひらやよしき》

二〇一八年一〇月一五日第一刷発行

発行者　佐藤 靖
発行所　大和《だいわ》書房
東京都文京区関口一―三三―四　〒一一二―〇〇一四
電話　〇三―三二〇三―四五一一

フォーマットデザイン　鈴木成一デザイン室
本文デザイン　松 昭教(bookwall)
本文イラスト　丹地陽子
本文印刷　信毎書籍印刷
カバー印刷　山一印刷
製本　小泉製本

ISBN978-4-479-30727-3
乱丁本・落丁本はお取り替えいたします。
http://www.daiwashobo.co.jp